國家出版基金資助項目
國家社會科學基金重大招標項目（16ZDA174）

圖書在版編目（CIP）數據

高氏三宴詩集；國秀集 / 詹福瑞，陳紅彦主編.
南京：鳳凰出版社，2025. 3. --（歷代唐詩珍稀選本彙編）. -- ISBN 978-7-5506-4400-7

Ⅰ. I222.742

中國國家版本館CIP數據核字第2025CC7355號

書　　名	高氏三宴詩集　國秀集
主　　編	詹福瑞　陳紅彦
責任編輯	李相東　姜　嵩
裝幀設計	姜　嵩
責任監製	程明嬌
出版發行	鳳凰出版社（原江蘇古籍出版社） 發行部電話025-83223462
出版社地址	江蘇省南京市中央路165號，郵編：210009
照　　排	南京新華豐製版有限公司
印　　刷	金壇古籍印刷廠有限公司 江蘇省金壇市晨風路186號，郵編：213200
開　　本	718 毫米×1005 毫米　1/16
印　　張	19.25
版　　次	2025年3月第1版
印　　次	2025年3月第1次印刷
標準書號	ISBN 978-7-5506-4400-7
定　　價	360.00圓

（本書凡印裝錯誤可向承印廠調换，電話：0519-82338389）

國家出版基金項目

詹福瑞 陳紅彥 主編

高氏三宴詩集

國秀集

歷代唐詩珍稀選本彙編

（唐宋金元卷）

9

鳳凰出版社

目次

高氏三宴詩集

《高氏三宴詩集》提要

《高氏三宴詩集》三卷，唐高正臣編。高正臣（生卒年不詳），廣平（今河北雞澤）人。《新唐書》卷七十一《宰相世系表》載：『正臣，襄州刺史。』張懷瓘《書斷》卷下：『高正臣，廣平人。官至衛尉少卿。』傳世諸本卷末有《高氏三宴詩集詩後》一則，其稱：『高正臣，廣平人。連姻帝室，官至衛尉卿。寓居洛陽，善詠愛客，一時名士，多所交接。』不知出自何人，但應有所依據，可備參考。此書編纂之由，《四庫全書總目》有云：『所載皆同人會宴之詩，以志一時之盛。詩分三卷，卷各有序，一爲陳子昂，一爲周彦暉，一爲長孫正隱。三宴皆于高氏與宴者凡二十一人。』傳世諸本之末還附有白居易撰《香山九老詩》一卷。

然而此集流傳過程並不明朗，疑點頗多。一者，此集不見於唐宋公私書目著録。二者，傳世諸本年代較晚，皆出於清代，大多爲抄本。《四庫全書總目》曾據所見本卷尾『夷白堂重雕』之語，考證『夷白堂』或即北宋鮑慎，著有《夷白堂集》，推測所見本或源自鮑氏所刊。大體認同唐人編集、宋人刊刻之説。近年來學界提出新的看法。陳尚君將此集與《唐詩紀事》關於三宴的記載相比較，指出『今本《三宴集》上元宴缺高正臣詩，《晦日重宴》缺周彦暉序。疑今本即從《古今歲時雜詠》卷七、卷九録出，未必有所謂北宋本』①。湯華泉亦懷疑『夷白堂』爲明萬曆年間書坊主人楊爾曾之居室，其所刻書牌記有云『武林楊衙夷白堂』者。

① 陳尚君《唐人編選詩歌總集序録》，載於其著《唐詩求是》，上海古籍出版社二〇一八年版，第六六九頁。

並進而推論此集之編定亦非出自高正臣，而是明代書坊託名作僞①。二說亦可資參考。

『夷白堂』刻本早已不存，流傳至今者以清抄本爲主，有《四庫全書》本、天津圖書館藏丁丙抄本（詳見下文）、北京大學圖書館藏清抄本②、國家圖書館藏清抄本③、翰林院舊藏清抄本④等數部。宣統元年（一九〇九），沈宗畸據『舊抄本』刊刻此書收入《晨風閣叢書》，此書始有刻本流傳。傳世諸本面貌大體相同，而《四庫全書》本及由此而出的諸本文字質量稍胜，或出於四庫館臣之校訂⑤。

本次影印依據天津圖書館藏清抄本（書號：S二九七七）。

此本每半葉九行，行二十一字。其所用書格，又稱仿格，横十八方格，豎二十一方格，朱色，葉左下有『當歸草堂』四字。封面書『八千卷樓重裝』字樣。丁丙題識末鈐有『風木庵』印。按，『風木庵』爲丁氏家族祠堂。卷中又鈐有『錢唐丁氏藏書』『四庫著録』『善本鑒定』『直隸教育廳檢查圖書之印』『天津特別市市立第二圖書館藏書之章』等印章。

書前有光緒二十三年（一八九七）丁丙所撰題識。丁丙（一八三二—一八九九），字嘉魚，別字松生，晚號松存，浙江錢塘（今杭州市）人，曾廣爲搜輯文瀾閣遺書，並參與建復

① 湯華泉《關於四庫著録〈高氏三宴詩集〉版本、編者諸問題》，《古籍整理研究學刊》一九九六年第三期。

② 此本爲半葉十行，行十八字，鈐『長洲顧氏藏書』『湘舟過眼』藏印，知曾爲清嘉道間藏書家顧沅收藏，後歸李盛鐸插架。（書號：LSB五三二一）

③ 此本爲半葉十行，行十八字，鈐『黄』『小松』『撝叔珍藏』『延古堂李氏珍藏』諸印，知遞經黄易、趙之謙、天津李氏延古堂收藏。（書號：七九八二八）

④ 此本半葉十行，行十八字，鈐『黄』『小松』『士鍾』『明善堂珍藏書畫印記』『翰林院印』『翼盦珍秘』，知遞經黄易、汪士鍾、怡親王府、翰林院、朱文鈞收藏。今藏於私人收藏家胡關妙『廣韻樓』。

⑤ 可參见劉鵬《諸本〈高氏三宴

文瀾閣。其先世藏書豐富，有八千卷樓，至丁丙又增益後八千卷、小八千卷二樓，總名之曰嘉惠堂。根據題識，道光年間，丁氏幼時曾在家中見《高氏三宴詩集》，『墨格精抄，爲太原叔子王蓮涇印，後有「得者寶之」小印』。王蓮涇即王聞遠（一六六三—一七四一），字聲宏，一字叔子，號蓮涇居士，晚號灌稼村翁，爲康熙年間蘇州著名藏書家。此王蓮涇本是《高氏三宴詩集》目前可考的最早版本。乾隆三十八年（一七七三）開館纂修《四庫全書》，《高氏三宴詩集》入總集類（題下注曰：江蘇巡撫采進本）。咸豐十一年（一八六一）冬，杭州遭太平天國之亂，丁氏『家藏舊籍盡失』。同治初年，杭州克復，丁氏整理文瀾閣殘書，發現《高氏三宴詩集》未毁於戰亂，『急倩王韻生録之，尚用當歸草堂書格也』。可知抄本《高氏三宴詩集》源自文瀾閣《四庫全書》。

然而，與《四庫全書》本相校，丁氏抄本有若干抄録之誤。如《四庫全書》本各卷卷首題『唐高正臣輯』，抄本均作『唐高正臣撰』；卷上長孫正隱詩『林藪是山家』，抄本作『林藪是仙家』；卷上周彦暉詩『方淹投轄車』，抄本作『方拚投轄車』；卷上『張錫東，武城人』，抄本作『張錫東，武成人』；卷上王勔詩『池浸舊渚沙』，抄本作『池侵舊渚沙』。

（任文京）

詩集〉考略——兼論兩種『雙生』清抄本》。此文載於其著《清代藏書史論稿》，知識産權出版社二〇一八年版。

高氏三宴詩集

天津圖書館藏清丁氏當歸草堂抄本

高氏三宴詩集
共一册
839.13.41
00217
4420

高氏三宴詩集

八千卷樓重裝

囗先兄竹舟嬉戲
取而加朱句讀先叔
集皆墨格精抄
之先林書從何來曰
發巷書未嘗不随

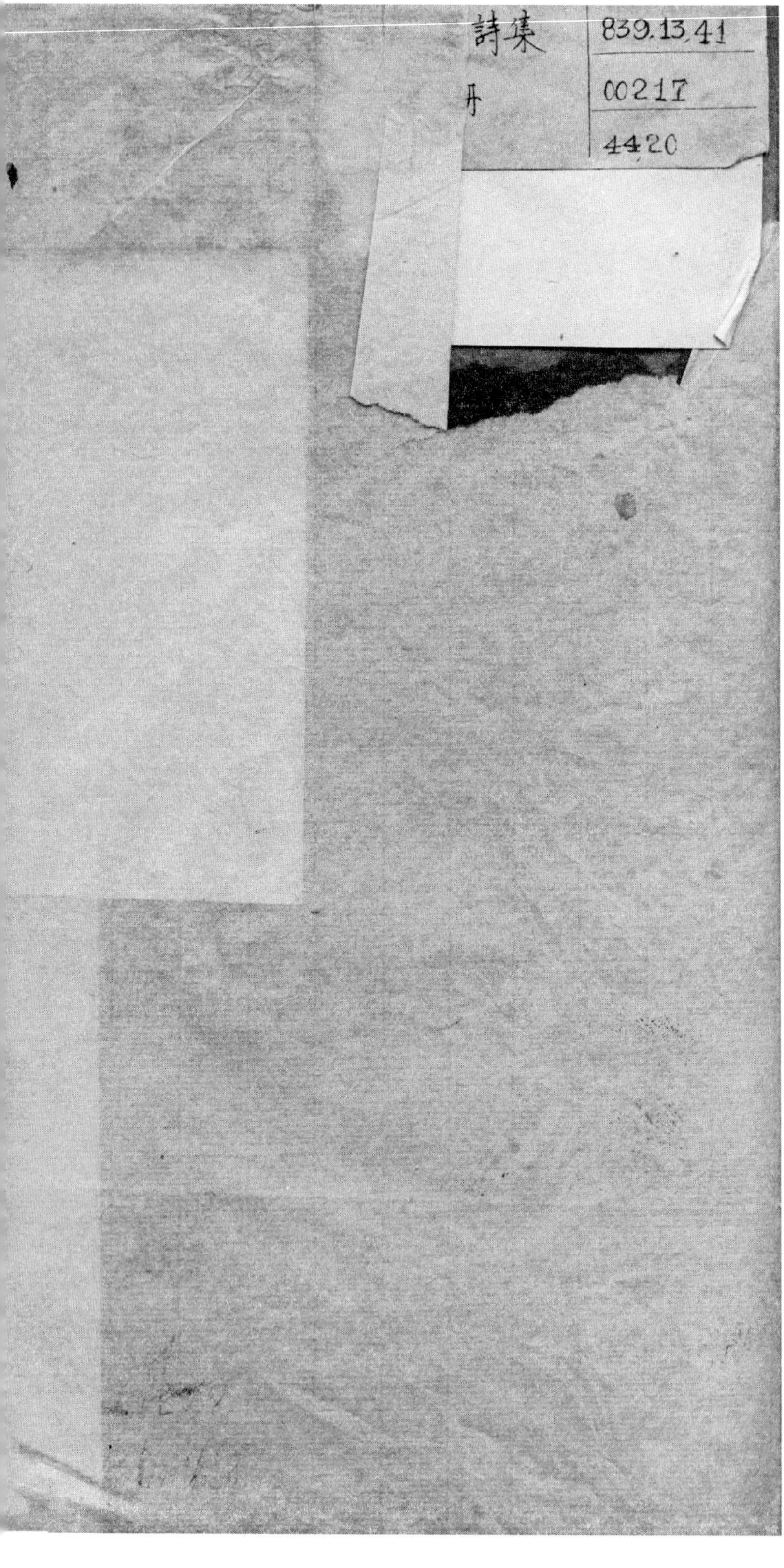
詩集
丹
839.13,41
00217
4420

丙生於道光十二年七月二十日麒麟街麗氏越六年妹生時在六月九日少時隨[illegible]嬉戲
偶啟梅谿書屋小樓棕毛箱舊書藏焉中有怡府刊小板四書先兄取而[illegible]先叔
[illegible]身必見而訶之曰豈可妄事塗抹又有高氏三宴詩與荊溪唱和集皆[illegible]精抄
為太原孫子王蓮涇印後有得者寶之小印當時愛其精雅質之先妹書從何來曰
是吾曾外祖購自吳門也由麒麟街遷皮市巷口又遷頭髮巷書未嘗不隨
時翻閱既而知王蓮涇為康熙間蘇州藏書家欲再求別本亦不可得也如是
廿餘年至咸豐十一年冬粵匪再陷杭城家藏舊籍盡失矣同治二年在滬上購得
明初刊荊溪唱和集益見思高氏三宴詩終不置及復後整理
文瀾閣殘書底本居然未燬急倩王韻生錄之尚用當歸艸堂書格也忽忽三十餘年
先妹先兄俱歸道山怡府巾箱四書及蓮涇別藏之書皆偶購得而昔年塗抹與
愛悅之數種已渺不可復見矣今日妹以六十歲生辰來家拜先君子歲慶冥朔
適見此抄本回憶六十年來情景恍惚如在目前嗟乎書可再錄人難再生三
宴何為哉九老何為哉然三宴與九老因有此數頁得傳之千年而不朽人患在修
名不立耳可不勉哉光緒二十三年六月十三日丁丙謹識

欽定四庫全書

高氏三宴詩集

提要

臣等謹案高氏三宴詩集三卷附香山九老詩一卷唐高正臣編所載皆同人會宴之詩以一會為一卷各冠以序一為陳子昂一為周彥暉一為長孫正隱三會正臣皆預故彙而編之與宴者凡二十一人考之新唐書有傳者三人則陳子昂郎餘令解琬也附見他

傳者一人則周思鈞也見於本紀及世系表者一人則張錫也僅見於世系表者五人則正臣及高瑾王茂時高紹高嶠也餘皆不詳顛末按世系表正臣曾為襄州刺史不云衛尉卿今詩後敘正臣及周思鈞事獨詳所云連姻帝室寓居洛陽皆與諸序語合似非無據末又附香山九老會詩一卷卷尾有夷白堂重雕字考宋鮑慎由字欽止括蒼人元祐六年進士著有夷白堂集此或慎由所鋟刊

九老會詩已附見白香山詩集而三宴詩之名新舊唐書志皆不載蓋當時編次詩歌裝褫卷軸如蘭亭詩之墨迹流傳但歸賞鑒之家故不著藏書之錄後好事者傳抄成帙乃列諸典籍之中耳惟輾轉繕錄不免多訛如以嶠高爲司府郎中唐百官志無此官應從世系表改爲司門郎中又張錫於武后久視元年拜同平章事本兖州東武城人詩中誤以錫東爲名又弓嗣初高瑾周彥暉並曰咸

寧進士唐無咸寧年號惟高宗曾改元咸亨
寧字亦亨字之誤兹並爲改正云乾隆五十
一年三月恭校上

總纂官　臣紀昀
臣陸錫熊
臣孫士毅

總校官　臣陸費墀

欽定四庫全書

高氏三宴詩集卷上　　　唐　高正臣　撰

晦日置酒林亭并序

陳子昂

有渤海之宗英是平陽之貴戚發揮鳳管而嘯侶幽贊雞川而留宴冠纓濟濟多（延）戚戚里之賓鸞鳳鏘鏘自有文雅之客凡二十有一人皆以華字爲韻

高正臣廣平人衛尉卿

正月符佳節三春玩物華忘懷寄罇酒陶性狎山家柳
翠含烟葉梅芳帶雪花光陰不相借遲遲落景斜

崔知賢

上、月河陽地芳辰景望華綿蠻變時鳥照耀起春霞柳
搖風處色梅散日前花淹留洛城晚歌吹石崇家

韓重宣

欲知行有樂芳罇對物華地接安仁縣園是季倫家柳
處雲疑葉梅開雪似花日落歸途遠留興伴烟霞

周彥昭

勝地臨雞浦高會偶龍沙御柳鶯春色仙節捧月華門
邀千里歡杯泛九光霞日落山亭晚雷送七香車

高球

温洛年光早皇州景望華連鑣尋山路乘興入山家輕
哲網危石春水架平沙賞極林塘莫處處起烟霞

于嗣初 咸亨二年進士一人

上序春暉麗中園候物華高才盛文雅逸興滿烟霞歛
差金谷樹皎鏡碧塘沙簫鼓林亭晚倒載欲還家

高瑾 渤海人咸亨元年進士

試入山亭望言是石崇家二月風光起三春桃李華鶯
吟上喬木鴈往息平沙相看會取醉寧知還路賒

王茂時

勝踐尋良會乘春玩物華還隨張放友來向石崇家止
水分巖鏡閑庭枕浦沙來極清泉賞叅差落照斜

徐皓

綺筵乘暇景瓊醑對年華門多金埒騎路引璧人車蘋
早猶藏葉梅殘正落花靄靄林亭晚餘興促流霞

長孫正隱

晚晦。

晚晦屬烟霞邀遊重歲華歌鐘雖戚里林藪是仙家細雨猶閑日深池不漲沙淹留迷處所巖岫幾重花

高紹 考功郎中

嘯侶入仙家臨春玩物華葛䌽調綠水桂醑酌丹霞岸柳新開葉亭梅落早花興洽林亭晚方還倒載車

郎餘令 定州人進士著作郎

三春休晦節九谷泛年華半晴餘細雨全晚澹殘霞鐏開疎竹葉管應落梅花興闌相顧起流水送香車

陳嘉言

公子申歡愛攜朋玩物華人是平陽客地即石崇家水
紋生舊圃風色滿新花日暮連歸騎長川照落霞

周彥暉 咸亨五年進士

砌蓂收晦魄津柳競年華既狎忘筌友方擒投轄車綺
筵回舞雪瓊醑泛流霞雲低天上晚絲竹帶風斜

高嶠 司門郎中

飛歡寫春望開宴坐汀沙積水含苔色晴空蕩日華歌
入平陽地舞對石崇家莫慮能騎馬投轄自停車

周思鈞 貝州漳南人 中書舍人

早春驚柳穟初晦宴莫華騎出平陽里筵開衛尉家竹影含雲密池紋帶雨斜重惜林亭晚上路滿烟霞

劉友賢

春來日漸賒琴酒逐年華欲向文通徑先游五子家池武碧新泉滿巖紅落照斜興闌情未極步步惜風花

陳子昂 字伯玉射洪人進士右拾遺

尋春游上路追宴入山家主第簪纓滿皇州景物華玉池初吐溜珠樹始開花歡娛方未極林閣散餘霞

張錫東 武成人宰相封平原公

雪盡銅駝路花照石崇家年光開柳色池影泛雲華賞
洽情方遠春歸景未賒欲知多暇日罇酒瀆澄霞

王勔 絳州龍門人澤州長史

上序披林館中京視物華竹怱低露葉梅徑起風花景
落春臺霧池侵舊渚沙綺筵歌吹晚暮雨泛香車

解琬 元城人太子賓客

主第簪裾出王畿春望華山亭一以眺城闕帶烟霞橫
堤列錦帳傍浦駐香車歡娛屬晦節酩酊未還家

高氏三宴詩集卷上

欽定四庫全書

高氏三宴詩集卷中

唐　高正臣　撰

晦日重宴并序

周彦暉

序云云缺凡八人同用池字爲韻

高正臣

芳晨重游衍乘景共追隨班荆陪舊識傾蓋得新知水葉分蓮沼風花落柳枝自得河朔趣寧羨山陽池

韓重宣

鳳苑仙吹晚，龍樓夕照披。陳遵已投轄，山公正坐池。落日催金奏，飛霞送玉巵。此時陪綺席，不醉欲何為。

亓嗣初

年華靄芳隰，春溜滿新池。促賞依三友，延歡寄一巵。鳥聲隨管變，柳影逐風移。行樂方無極，淹留惜晚曦。

高瑾

忽聞鶯響谷，於此命相知。正開彭澤酒，來向高陽池。柳葉風前弱，梅花影處危。賞洽林亭晚，落照下參差。

陳嘉言

高門鶡冠蓋下客抱支離綺席珎羞滿文場藻翰摛蓂花彫上葉柳色靄春池日斜歸戚里連騎勒金羈

周彥暉

春華歸柳岸晦景落蓂枝置驛銅街右開筵玉浦陲烟林含帳家竹雨帶珠危興闌巾倒戴山公下習池

高嶠

駕言尋鳳侶乘歡俯鴈池班荆逢舊識斟桂喜深知紫蘭方出徑黃鶯未野囀枝別有陶春日青天雲霧披

周思鈞

綺筵乘晦景高宴下陽池濯雨梅香散含風柳色移輕

塵依扇落流水如弦危勿顧林亭晚方歡雲霧披

高氏三宴詩集卷中

欽定四庫全書

高氏三宴詩集卷下

唐　高正臣　撰

上元夜宴效小庾體并序

長孫正隱

九谷帝畿三川奥域交風均露上分朱鳥之躔泝洛背河下鎖蒼龍之闕多近臣之第宅即瞰銅街有貴戚之樓臺自連金苑美人競出錦帳如霞公子交馳雕鞍似月同游洛浦疑尋稅馬之津爭渡河橋似向牽牛之渚

實昌年之樂事令節之佳遊者焉凡六人同用春字爲韻

高正臣　詩闕

崔知賢

今夜啟城闉結伴戲芳春鼓聲撩亂動風光觸處新月下多遊騎燈前饒看人觀樂無窮已歌舞達明晨

韓重宣

他鄉月下人相伴看燈輪光隨九華出影共百枝新歌

鍾戚北里車馬沸南鄰今宵何處好惟有洛城春

高　瑾

初年三五夜相知一兩人連鑣出巷口飛轂下池濱燈

光恰似月人面併如春遨遊終未已相歡待日輪

長孫正隱

薄晚嘯遊人車馬亂驅塵月光三五夜燈焰一重春烟

雲迷北闕簫管識南鄰洛城終不閉更出小平津

陳嘉言

今夜可憐春河橋多麗人寶馬金爲絡香車玉作輪連

手窺潘掾分頭看洛人神重城自不掩出向小平津

高氏三宴詩集卷下

高氏三宴詩集

高正臣廣平人連姻帝室官至衛尉卿寓居洛陽善詠愛客一時名士多所交接習右軍書法睿宗愛其筆金陵棲霞寺有其所書碑攝山棲霞寺明徵君之碑 南齊徵君明僧紹平原人

周思鈞貝州人漳南人與兄思茂俱早知名武后時為太子文學劉禕之被收臨刑洗沐神色自若援筆為表詞理懇至思鈞稱嘆其文武后惡之貶揚州司倉參軍以中書舍人終

香山九老詩序

會昌五年三月二十四日胡吉劉鄭盧張等六賢皆多年壽余亦次焉於東都敝居履道坊内合尚齒之會七老相顧既醉且歡靜而思之此會希有因各賦七言六韻詩一章以記之或傳諸好事者其年夏又有二老年貌絶倫同歸故鄉亦來斯會續命書姓氏年齒寫其形貌于圖右與前七老題爲九老圖仍以一絶贈之云雪作鬚眉雲作衣遼東華表暮雙歸當時一鶴猶希有何況今逢兩令威二老乃洛中遺老李元爽年一百三十六

禪僧如滿歸洛年九十五時祕書狄兼謨河南尹盧貞以老未七十雖與會而不及列

香山九老詩序

香山九老詩爵里紀年

胡　杲　安定人前懷州司馬年八十九

吉　皎　馮翊人衛尉卿致仕年八十八

劉　貞　廣平人前磁州刺史年八十七

鄭　豦　滎陽人前龍武衛長史年八十五

盧　貞　范陽人前侍御史内供奉官年八十五

張　渾　清和人前永州刺史年七十七

白居易　太原人刑部尚書致仕年七十四

李元爽　洛中遺老年一百三十六

禪僧如滿　年九十五

雖與會而不及列

狄兼謨　祕書監

盧貞　河南尹

欽定四庫全書

香山九老詩　　唐　白居易　輯

胡杲

閒居同會在三春大抵愚年是出羣霜鬢不嫌杯酒興白頭仍愛玉鑪薰徘徊玩柳心猶健老大看花意却勤鑿落滿斟判酩酊香囊高掛甚氤氲搜神得句題紅紙望景長吟對白雲今日交情何不替齊年同侍聖明君

吉皎

休官罷任已閒居林苑園亭興有餘對酒最宜花蘂發
邀歡不厭柳條初低腰醉舞垂緋袖擊節謳歌任褐裾
寧用管絃來合雜自親松竹且清虛飛觥酒到須先酌
賦咏詩成不住書借問商山賢四皓不知此後更何如

劉貞

垂絲今日幸同筵朱紫居身似大年賞景尚知心未退
吟詩猶覺力完全閒庭飲酒當三月在席揮毫象七賢
山茗煮時秋露碧玉杯斟處綵霞鮮臨堦花笑如歌妓
傍竹松聲當管絃雖未學窮生死訣人間豈不似神仙

鄭據

東洛幽閑日暮春邀歡皆是白頭賓官班朱紫多相似
年紀高低次第勻聯句每言松竹意停杯多說古今人
更無外事來心肺空有清虛入思神醉舞雨回迎勸酒
狂歌一曲會娛身今朝何事偏情重同作明時列任臣

盧貞

三春已盡洛陽宮天氣初晴景象中千朵嫩桃迎曉日
萬株隨柳逐和風非論官位皆相似及至年高亦共同
對酒歌聲猶覺妙玩花詩思豈能窮先時共作三朝貴

今日相逢乙老翁但願綠醽長滿酌烟霞萬里會應通

張渾

幽亭春晝共為歡印綬居身是大官遁跡豈勞登遠岫
垂綸何必坐溪磻詩聯六韻應猶易酒飲三杯未覺難
每況襟懷同宴會共將心事比波瀾風吹野柳垂羅帶
日照庭落落綺紈此席不煩鋪錦帳斯筵堪作畫圖看

白居易

七人五百八十四拖紫紆朱垂白鬚囊裏無金莫嗟嘆
罇中有酒且歡娱吟成六韻神還壯飲到三杯氣尚麤

嵬峨狂歌教婢拍婆娑醉舞遣孫扶天年高邁二疏傳
人數多于四皓圖除却三山五天竺人間此會且應無

附

狄兼謨

得老加年成可喜當春對酒亦宜歡心中别有歡喜事
開得龍門八節灘

盧貞

眼暗頭旋耳重聽唯餘心口尚醒醒今朝歡喜緣何事
禮徹佛名百部經

香山九老詩

國秀集

《國秀集》提要

《國秀集》三卷，唐芮挺章編。芮挺章（生卒年不詳），開元年間與樓穎同爲國子監諸生。南宋陳振孫《直齋書録解題》著録此書：『《國秀集》三卷，唐國子進士芮挺章撰。集李嶠至祖詠九十人詩二百二十首。天寶三載國子進士樓穎爲之序。』傅璇琮先生依據樓穎序文及『秘書監陳公、國子司業蘇公』，考證《國秀集》成書當在天寶三、四載（七四二、七四三）之間。並推定其稿存於友人樓穎處，樓氏本擬續補，因循未果，約在肅宗乾元、上元間，由樓穎撰序，並編寫目録①。樓穎序稱芮挺章選詩以陸機『詩緣情而綺靡』爲準則，主張詩歌應『彩色相宜，煙霞交映，風流婉麗』，强調詩歌『可被管弦』。後人對其選詩體例標準頗有議論，北宋曾彦和即稱『挺章所撰編選，非（殷）璠之比』②，清代何焯亦指出選入之詩多非佳作③。然而其於文獻亦有保存之功。

此書不見於北宋及之前公私目録，可知當時流傳並不廣。傳世諸本書後有元祐三年（一〇八八）曾彦和跋文，稱『此集《唐書·藝文志》洎本朝《崇文書目》，皆闕而不録，殆三館所無。浚儀劉景文頃歲得之鬻古書者，元祐戊辰孟秋從景文借本録之，因識於後』。傅璇琮認爲『後來傳世的《國秀集》皆出於曾彦和抄録之本』④。

① 傅璇琮《〈國秀集〉前記》，傅璇琮、陳尚君、徐俊等編《唐人選唐詩新編》（增訂本），中華書局二〇一四年版，第二七三、二七五頁。

② 見傳世本卷末曾彦和跋。

③ 見國家圖書館藏傅增湘校跋並録何焯批校汲古閣本《唐人選唐詩八種》（書號：四九七）。

④ 傅璇琮《〈國秀集〉前記》，傅璇琮、陳尚君、徐俊等編《唐人選唐詩新編》。

現存《國秀集》以明本爲主。最早的版本爲嘉靖三十六年（一五五七）周日東抄本，現藏於國家圖書館。另有一種十行、行十八字刻本，以字體判斷，應屬嘉靖刻本，現藏於國家圖書館，與《四部叢刊》所據爲同版。又有隆慶間楊綵刻《六家詩選》本，爲半葉九行、行十八字，上海圖書館、天津圖書館等有藏本。萬曆年間刻本現存三種。一爲張世才刻《唐詩六集》本，現藏於北京師範大學圖書館；一爲萬曆大字本，爲半葉九行、行十五字，與鄭振鐸所藏《唐人選唐詩六種》本爲同版，國家圖書館藏有兩部；一爲萬曆汪宗尼刻本，上海圖書館、臺灣『國家圖書館』等單位有藏本。明末有崇禎元年（一六二八）汲古閣刻《唐人選唐詩八種》本，爲半葉八行、行十九字。以上七種明本文字大體相合，可相互校補。總體而言，嘉靖刻本文字稍勝。

本次選擇周日東抄本、張世才刻《唐詩六集》本影印。

周日東抄本（國家圖書館藏，書號：一〇六七九），不分卷，凡一册。每半葉八行，行十五字，無欄格。書後有跋識三則，其一爲周日東所書：『丁巳之秋，七月既望，借守竹蔣侯本録完。武立仲子周日東志於吟風館。』丁巳，即嘉靖三十六年。據此，可知此本之由來。另二則分别出自乾隆年間趙輯寧、清末藏書家丁丙，均述及此本之流傳。據二跋及卷中所鈐『武立周仲子』『周氏日東武立周仲子印』『檇李項藥師藏』『震澤草堂圖書』『孺子後人』『徐氏玄佐』『秀水朱氏潛采堂圖籍』『歙鮑氏知不足齋藏書』『素門』『趙輯寧印』『王氏二十八宿研齋秘笈之記』『蔭嘉』『大隆審定』諸印，可知此本遞經周日東、項靖、徐玄佐、朱彝尊、鮑廷博、趙輯寧、丁丙、王蔭嘉、王大隆等名家收藏。此本無目録，將諸本目録所題詩人之官職，作爲小注，繫於每位詩人之下。

張世才刻《唐詩六集》本（北京師範大學圖書館藏，善八三一．四一／五二四），三卷，凡一册。每半葉九行，行二十字，白口，左右雙邊。書前有明賜進士禮部儀制司郎中淮陰張世才題『刻唐詩六集叙』，時在『萬曆癸卯仲夏望日』，即萬曆三十一年（一六〇三）。各卷題『唐國子進士芮挺章集／明淮陰張世和介夫校』。此本亦將諸本目録所題詩人之官職，移至正文每位詩人之下，並增加數語，形成詩人小傳。如李嶠，嘉靖刻本、萬曆大字本、汲古閣本等版本目録作『天官侍郎李嶠』，而此本於正文『李嶠』下出雙行小注云：『字巨山，趙州人，擢進士第，歷天官侍郎。』又如杜審言，嘉靖刻本等版本目録作『膳部員外郎』，此本於正文『杜審言』下出雙行小注云：『字必簡，襄陽人，擢進士，膳部員外。』此類小傳或即張世和所加。卷中有『温葆淳印』『伊氏秋水園藏書』『伊立勛印』『峻齋』『伊遠昭印』『臣對和印』『禮培私印』『掃塵齋讀書記』等鈐印，知此本曾經温葆淳、伊立勛、伊遠昭、王禮培等人收藏。

（任文京）

國秀集

國家圖書館藏明嘉靖三十六年周日東抄本

唐進士芮挺章集李嶠至祖詠九十人詩二百二十首

天寶三載國子進士樓穎爲序

國秀集敘　唐前進士樓穎撰

昔陸平原之論文曰詩緣情而綺靡是彩色相宣烟霞交暎風流婉麗之謂也仲尼定禮樂正雅頌采古詩三千餘篇什得三百五篇皆舞而蹈之弦而歌之亦取其順澤者也近秘書監陳公國子司業苞公嘗從容謂芮侯曰風雅之後數千載間詞人才子禮樂大壞諷者溺

於所譽志者乖其所之務以聲折為宏壯勢奔為清逸此蒿視者之目聒聽者之耳可為長太息也運屬　皇家否終復泰優游闕里唯閱子夏之言惆悵河梁獨見少卿之作及源流浸廣風雲極致雖發詞遣句未協風騷而披林擷秀揭厲良多自開元以來維天寶三載譴謫蕪穢登納菁英可被管絃者都為一

集芮佚即探書禹穴求珠赤水取太冲
之清詞無嫌近溷得興公之佳句寧止
擲金道苟可得不棄於廝養事必適理
何取於膏粱其有巖壑孤貞市朝大
隱神珠匿耀剖巨蚌而寧周寶鋤韜精
望斗牛而未獲目之縑素有愧遺材尚
欲巡采風謡旁求側陋而陳公已化爲
異物堆案颯然無與樂成遂因絶筆今

略編次見在者凡九十人詩二百二十

首爲〻小集成一家之言

國秀集　　唐進士芮挺章撰

侍宴甘泉殿　李嶠　天官侍郎

月宇臨丹地雲牕網碧紗御筵陳桂醑
天酒酌榴花水向浮橋直城連禁苑斜
承恩恣歡賞歸路滿烟霞

餞薛大夫護邊

荒隅時未通副相下臨戎授律星芒動
分兵月暈空犀皮擁青橐象齒飾彫弓

決勝三河勇長驅六郡雄登山窺代北代
屈指計遼東佇見燕然上抽毫頌武功

送崔主簿赴滄州

紫陌追隨上日青門相見時宦遊從此
去離別幾年期芳桂中罇酒幽蘭下調
悲他鄉有明月千里照相思

送司馬先生

蓬閣桃源兩處分人間海上不相聞一

朝琴裏悲黄雀何日山頭望白雲

同姚給事寓直省中見贈

宋之問　考功員外郎

清論滿朝陽高才夕拜郎還從避馬路

來接珥貂行寵就黄扉日威回白簡霜

栢臺遷烏茂蘭蕙清淂人芳禁静鐘初徹

更疎漏漸長曉河低武庫流火度文昌

寓直恩重乘秋藻翰揚暗投空欲報

調下不成章

九日登慈恩寺浮圖應制

鳳刹尋雲半虹旌倚日邊散花多寶塔
張樂布金田時菊芳仙醖蘭動睿篇
香街稍欲晚清蹕扈歸天

題大庾嶺一首

陽月南飛雁傳聞向此回我行殊未已
何日復歸來江静潮初落林昏瘴不開

明朝望御處應見嶺頭梅

登揔持寺閣一首

梵宇出三天登茲望八川開襟俯城闕
揮手拂雲烟函谷青山外昆池落日邊
東京楊柳陌少别已經年

端州驛見杜審言王無競沈佺期閻
朝隱壁有題慨然成詠

逐臣此地承嚴譴謂到南中每相見豈

意南中岐路多千里万里分鄉縣雲搖
雨散各分飛海濶江長音信稀處〻山川
同瘴癘自憐能得幾人歸

登逍遥樓一首

逍遥樓上望鄉關渌水泓澄雲霧間北
去衡陽二千里無因雁足寄書還

春日江津遊望　杜審言 膳部員外郎

旅客摇邊思春江弄晚晴烟消垂柳弱

霧卷落花輕飛棹乘空下回流向日平
鳥啼稻熟處蝶舞亂相迎忽歎人皆濁
隄防水至清　常不讓濯可戒中盈

䆉夜燕臨津鄭明府宅
汀上皆無地招尋獨有君酒中堪累月
身外即浮雲露白宵鐘澈風清曉漏聞
坐㩦餘興往還似未離羣

一夏日過鄭七山齋

共有鐏中好言尋谷口来薜蘿山徑入
荷芰水亭開日氣含殘雨雲陰送晚雷
雒陽鐘鼓至車馬繫遲回

九日宴江陰

蟋蟀期歸晚茱萸節候新降霜青女月
送酒白衣人高興要長壽卑棲隔近臣
新沙即此地舊俗坐為隣

贈蘓綰書記

知君書記本翩翩為許從戎赴朔邊紅粉
樓中應計日燕支山下莫經年

三日侍宴梨園　沈佺期 太子詹事

九門馳道出三巳禊堂開畫鷁中流動
青龍上苑來野花飄御席河柳拂天杯
日晚迎祥處笙鏞下帝臺

肅藴負外夏晚寓直省中見贈

並命登仙閣分宵直禮闈太官供宿膳

侍史護朝衣卷幔天河入開牕月露微

小池残暑退高樹早凉歸冠劍無時釋

軒車待漏飛明朝題漢柱三署有光輝

壽陽王花燭

仙媛乘龍夕天孫捧雁来可憐桃李月

樹更遶鳳凰臺燭送香車入花臨寶扇開

莫令銀漏曉為盡合歡杯

宿七盤嶺

獨遊千里外高卧七盤西曉月臨林近
天河入戶低芳春平仲緑清夜子規啼
浮客空留聽褒城聞曙雞

遥同杜五過庚嶺
天長地闊嶺頭分去國憂家見白雲洛
浦肝腸無用說崇山瘴癘不堪聞南浮
漲海鳶何處北望衡陽雁幾羣兩地春
風萬餘里何時重謁聖明君

魏齊王元忠　張説　右丞相

齊公生人表，迥天聞崔嵬。清論早揣摩，玄心晚超詣。入相廊廟静，出軍沙漠霽。見深吕禄憂，舉後陳平計。甘心除君惡，足以報先帝。

穪許公瓌

許公信國楨，克美具瞻情。百事資朝問，三章廣世程。處高心不有，臨節自爲名。

朱戶傳新戟青松拱舊塋淒涼丞相府
餘慶在玄成

李趙公嶠

李公寔神敏才華乃天授睦親何用心
處貴不忘舊故事遵臺閣新詩冠宇宙
在人忠所奉惡戒誠將宥南浦去無歸
嗟嗟孫秀

郭代公元振

代公舉鵬翮翼騫飛磨海霧志康天地

中適與雲雷遇興三一言决安危万心

注大勲書王府穹命淪江路勢傾北夏

門哀靡東平樹

趙耿公彦昭

耿公山嶽靈才傑心亦妙鷙鳥峻標立

哀玉扣清調叶賛休明啟恩華日月照

何意琛臺雲風吹落江徼相流下潯陽

灑泪一授弔

奉和聖製答二相出崔鼠谷一首

徐安貞中書侍郎

兩臣初入夢二月扈巡邊澗北寒猶在

山南春半傳頌聲先奉御辰象復回天

雲日明千里旌旗照一川椰陰低輦路

草色變新田還望汾陽近宸遊自窅然

從駕温泉宫

神女調温液年年待聖人試開臨水殿來
洗屬車塵暖氣隨明主恩波浹近臣靈
威自無極從此獻千春
畫殿侍宴
校文常近日賜宴忽昇天酒正傳杯至
饔人捧案前玉階鳴留水清閣引歸烟
共惜芸香暮春風度幾年
送王判官

明月開三峡花源出五溪城池青壁裏
烟火緑林西不畏王程促唯愁仙路迷
巴東下歸棹莫待夜猿啼
送呂尚補闕西嶽勒碑
聖作西山頌君其出使年勒碑懸日月
驅傳接雲烟寒盡函關路春歸洛水邊
别離能幾許朝暮玉墀前
送丹陽採訪

郡縣分南國皇華出聖朝爲憐鄉棹近
不道使車遥舊俗吴三讓遺風漢六條
願言除疾苦天子聽謳謡

邊詞　京兆張敬忠

五原春色舊來遲二月垂楊未挂絲即
今河畔氷開日正是長安花落時

送人之軍中　賀知章秘書監

常經絶脉塞復見斷腸流送子成今别

令人起昔愁隴雲晴半雨邊草夏先穐
万里長城寄無貽漢國憂

偶遊主人園

主人不相識偶坐為林泉莫謾愁酤酒
囊中自有錢

孤燭嘆　徐彦伯 太子賓客

切切夜閨冷微微孤燭然玉盤紅淚滴金
燼彩光圓暖手縫輕素嚬蛾續斷弦相

思咽不語回向錦屏眠

涼州詞二首　王翰 仙州别駕

蒲萄美酒夜光杯，欲飲琵琶馬上催。
卧沙場君莫笑，古来征戰幾人回。
秦中花鳥已應闌，塞外風沙猶自寒。
夜聽胡笳折楊柳，教人氣盡憶長安。

奉試昭君　董思恭 中書舍人

琵琶馬上彈，行路曲中難。漢月正南遠

關燕山極北寒鬐鬟風拂亂眉儻雪霑
殘斟酌紅顏趣何勞握鏡看
客中作一了　杜儼　新安丞
書劒催人不蹔閒雒陽羈旅復秦關容
顏歲歲愁邊改鄉國時時夢裏還
望韓公堆一首　崔滌　殿中少監
韓公堆上望秦川渺渺關山西接連孤宦
一身千里外未知歸日是何年

武陽送別　沈宇 太子洗馬

菊黄蘆白雁初飛羌笛胡琴淚滿衣送君腸斷𪓟江水一去東流何日歸

覽鏡　劉希夷 廣文進士

青樓挂明鏡臨照不勝悲白髮今如此人生能幾時𪓟風下山路明月上春期歎息君恩盡容顔不可思

晚春

佳人眠洞房回首見垂楊寒盡鴛鴦被
春生瑇瑁床庭陰幕青靄簾影散紅芳
寄語同心伴迎春且薄粧

歸山

歸去嵩山道煙花覆青翠綠山無塵山
青楊柳春日暮黃雲合空欵思殺人

奉酬宋大使鼎一首　張九齡 左丞相

時來不息意宿昔謬鈞衡翊聖輔明主

妨賢愧友生羅歸猶未識待罪尚南荆
政是留棠舊風因繫組清軒車問疾苦
黎庶荷仁明襄廢時將薄祇應倚舊情

奉和五司馬折梅寄京中兄弟

離别念同嬉芬榮欲共持獨攀南國樹
遥寄北風時林惜迎春早花愁去日遲
仍聞折梅處更有棣華詩

春醼寄懷一首

海燕何微眇乘春亦暫来不知泥滓賤
秖見玉堂開繡户時雙入雕梁日幾回
無心與物競鷹隼莫相猜

蒲津迎駕　席豫　禮部尚書

回鑾下蒲阪飛旆指秦京雕上黄雲送
關中紫氣迎霞朝看馬色月曉聽雞聲
防拒連山險長橋壓水平省方知化洽
察俗覺時清天下長無事空餘襟帶名

奉和勅賜公主鏡

令節頒龍鏡，仙輝下鳳臺。含靈万象入，寫照百花開。色與皇明散，光隨聖澤來。妍蚩冰鑑裏，從此愧非才。

詠雲　李邕　靈昌太守

綵雲驚歲晚，繚繞孤山頭。散作五般色，凝為一段愁。影雖沈澗底，形在天際遊。風動必飛去，不應長此留。

十月梅花書贈　華　盧僎　吏部員外一

君不見巴鄉冬候與花別。年、十月梅花
發上苑今應雪作花寧知此地花為雪
自從遷播落黔巴三見江上舞新花故
園風光靈洛汭窮峽凝雲度歲華花情
縱似河陽好容心倍傷邊候早春候颯
驚樓上梅霜威未落江潭草江水尋天
去不還樓花覆簾空坐攀一向花前看

白髮幾回夢裡憶紅〻顏〻白髮雲泥改何
異桑田稻碧海却想華年故園時惟有
一片空心在空心吊影向誰陳雲臺仙
閣舊遊人儻知巴樹連冬發應憐南國
氣長春

稍飇曉坐閣遇舟東下揚州即事寄
上族父江陽令

肅嘯山城晚蟬鳴江樹飇紅林架落照

青峽送歸流歸流赴淮海泛帆下揚州
族父江陽令盛業繼前脩文掩崔亭伯
德齊陳太丘時哉惜未與千載且為儔
憶昔山陽會長懷東上遊稱觴阮林下
雪賦謝庭幽道濃禮自畧氣舒文轉遒
高情薄雲漢酣態坐芳洲接席復連軫
出入陪華輈獨善與兼濟語默奉良籌
歲月歡無已風雨暗颼颼掌憲時持節為

邦邀海頭子人惠錐樹蒼生望且留徽
躬趨直道神甸忝清猷仙臺適西步蠻
激忽南投浮宇内皆安樂天涯獨遠投
忠信徒堅仗神明豈黜鼎觀生海漫〻稽
命天悠〻雲昏巴子峡月遠吳王樓懷昔
明不寐悲今歲屬周愲无排雲翮蹔之淂
抒雜憂空灑霑江淚万里遜行舟
初出京邑有懷舊林

賦生期獨得素業守微班外忝文學知
鴻漸鴛鴦閒内傾水木趣築室依近山
晨趨天日晏夕卧江海閑松風生座隅
仙禽舞亭灣曙雲林下容霽月池上顔
維曰坐郊園静默非人寰時步蒼龍
寧異白雲關語濟豈時頽默善忘世攀
世網余何觸天涯謫南蠻回首思維陽
喟然悲貞艱舊林日夜遠孤雲何時還

上韋皇太子新院應制

佳氣曉葱葱乾行入震宮前星迎北極少海被南風視膳銅樓下吹笙玉座中訓深家以正義舉俗為公父子成劍合君臣禹啟同仰天歌聖道猶媿之雕蟲

奉和李令扈從溫泉宮賜遊驪山韋侍郎別業

風后軒皇佐雲峰謝客居承恩來翠嶺

締賞出丹除飛蓋松溪寐清玉洞虛紿
窺巖詳霧豹過水略泉魚鄉入無何有
時還上古初伊皐羞過狹魏郎服麤踈
白雪緣情降青霞旋卷舒多慙郎署在
輕繼國風餘

送蘓八給事出牧徐州相國請出同

芳韻

金鼎屬元方鑠闈連季常畏盈聊出守

分命乃維良曉騎辭朝遠春帆向楚長
賢哉謙自牧天下詠餘芳
季冬送户部郎中使黔府選補
握鏡鈞荒服分衛得大同澂賢一臺上
補吏五溪中雨霰將天澤文章播國風
漢庭睽直諒楚峽望清通馬逐霜鴻漸
帆沿曉月空還期鳳池拜照耀列星宫
讓帝輓歌詞

泰伯玄風遠延州德讓行閭梧追大節

樹羽冊鴻名地丘迎天仗皇階失帝兄

還聞漢明主解劍泣陳平

朝天馳馬绝冊帝宫祖怳惚陵廟新

蕭條池館古萬化一朝空衰樂此路同

西園有明月修竹韻悲風

題殿前桂葉

桂樹生南海芳香隔楚山今朝天上見

疑是月中攀
歲晚還京臺望城闕成口號先贈交
親
紫陌開阡樹朱城出晚霞猶憐慣去國
疑是夢還家風蕷知催柳林青覺待花
交親望歸騎幾処擁年華
南樓望
玄國三巴遠登樓万里春傷心江上客

不是故鄉人

臨川送别

欞郊日半隱野樹烟初映風水正蕭條

那堪動離詠

江南遇雨一首　張鼎司勳員外

江天寒意少冬半雨仍飛出户愁爲聽

從風灑客衣旅䰟驚處斷鄉信意中微

幾日應晴去孤舟且欲歸

送趙護邊　孫逖刑部侍郎

外域分都護，中臺命職方。欲傳清廟略，先取劇曹郎。已佩登壇印，猶懷伏奏香。百壺開詔餞，四牡識戎裝。青海連西掖，黃河帶北涼。關山瞻漢月，戈劍宿胡霜。體國才先著，論兵策復長。果持文武術，還繼杜當陽。

張丞相燕公輓歌詞二首

海内文章伯朝端禮樂英一言興寶運
三入濟羣生命與才相偶年将位不并
台星忽已坼流慟軫皇情
甲第三垂戟高門四列侯已成冠蓋里
更有鳳凰楼人世方為樂生涯遽若休
空餘掌綸地傳慶子孫䆁

送張環攝御史監南選

漢使淂張綱威名攝遠方恩霑桂下史

榮比選曹郎江帶黔中闊山連峡水長
莫愁炎暑地秋至有嚴霜

春日留别

春路逶迤花柳前孤舟晚泊就人烟東
山白雲不可見西陵江月夜娟娟春江夜
盡潮聲度征帆遥從此中去越國山川
看漸無可憐愁思江南樹

途中口號

鄴城東北望陵臺珠翠繁華去不還回
無復新粧艷紅粉空餘故壟滿青苔

三月三日曲江賜宴　趙良器 兵部員外

聖祖發神謀靈符叶帝求一人光錫命
万國荷時休雷解圜丘畢雲需曲水遊
屽花迎步輦仙仗擁行舟睿藻天中降
恩波海外流小臣同品物陪此樂皇猷

鄭國夫人輓歌詞

淑德延公胄宜家接帝姻桂宮男掌僕
蘭殿女畀嬪恩澤昭前命盈虛變此辰
百年今已矣彤管列何人

郡中容舍

黃麟　金部員外郎

蟲響亂啾〻更人正數籌魂歸洞庭夜霜
卧雒陽穐徽月有時隱長河到曉流起
来還囑雁鄉信在吳洲

途中口號

郭向　太子尉

抱玉三朝楚懷書十上秦年〻洛陽陌
花鳥弄歸人

題李將軍山亭　郭良 金部負外

鳳轄將軍位龍門司隸家衣冠為隱逸
山水作繁華逕出重林草池搖兩岸花
誰知貴公第亭院有烟霞

早行

早汗星尚在數里未天明不辨雲林色

空聞風水穀月淡山上落河入斗間横

漸至重門外依稀見雒城

南溪別業　蔣洌　考功員外

結宇依青嶂開軒對綠疇樹交花兩色

溪合水同流竹逕春來掃蘭樽夜不收

逍遥自淂意皷腹醉中遊

古意

冉冉紅羅帳開君玉樓上畫作同心鳥銜

花兩相向春風正可憐吹暖緑牕前妾
意空相感君心何處邊

從軍　　　　　　　　劉庭琦西河長史

朔風吹寒塞蕭〻條胡沙千万里陣雲出
岱山孤月生海水次勝方求敵衝恩本
輕死蕭〻牧馬鳴中夜拔劍起

詠木槿樹題武進文明府廳

物情良可見人事不勝悲莫恃朝榮好

君看暮落時

過故人舊宅　王高 安定太守

故人軒騎罷歸来舊宅園林閒不開唯
餘挾瑟婦哭向平生歌舞臺

東封山下宴羣臣　張諤 陳王椽

萬里扈封巒羣公遇此歡幔。連夜靜城
霜仗滿空寒輦路宵烟合旌門曉月殘
明朝陪聖主山下禮圜壇

岐王美人

半額畫雙蛾盈〻燭下歌玉杯寒意少金

屋夜情多香艷王分帖裙嫣勅賜羅平

陽莫漫妬喚出不如他

贈吏部孫員外濟一首

天子憂賢才星郎入拜來明光朝半下

建禮直初回名帶含香發文隨綺幕開

披雲自有鏡從此照仙臺

岐王山亭

王家傍緑池春色正相宜豈有樓臺好
兼看草樹奇石榴天上葉椰子日南枝
出入千門裏年年樂未移

九日宴一首

龝葉風吹黄颯颯晴雲日照白鱗鱗歸來得
問茱萸女今日登高醉幾人

酒席賦得匏瓜瓢　鄭審 司勳員外

華閣與賢開仙瓢自遠来幽林常伴許
陋巷亦隨回挂影憐红壁傾心向緑杯
何曾斟酌處不使玉山頹

擬古　薛奇章大理司直

沙塵朝蔽日失道還相遇寒影波上雲
穐聲月前樹川氣生曉夕野陰乍烟霧
滮〻滮池水人馬不敢度吮癰世所薄扶
續愚難顧不見古時人中宵淚横注

和李起居龝夜之作

過庭聞禮日趨侍記言回獨卧玉窗前卷簾残雨来髙秋南斗轉涼夜北堂開水影入朱户螢光生緑苔簡成良史筆年是洛陽才莫重白雲意時人許上台

吳轂子夜歌

淨掃黄金堦飛霜皓如雪下簾彈箜篌不恐見秋月

古遊俠　　　　　　　　　　　　　崔顥　太僕寺丞

少壯有膽氣好勇復知機杖劍出門去
孤城逢合圍殺人遠水上走馬漁陽歸
錯落金瑣甲蒙茸貂鼠衣還家行且獵
弓矢疾。如飛地迥鷹犬疾草深狐兔肥
腰間帶兩綬轉盼生光輝顧謂今日戰
何如隨建威 速
結定襄獄效陶軀

我在河東時使至定襄里定襄黠小兒
爭訟紛城市長老莫敢言太守不能理
謫書盈几案文墨相填委牽引市井翁
追呼田家子我來折此獄五聽辨疑似
小大必以情未嘗施鞭捶是時三月暮
遍野農耕趣里巷鳴春鳩田園引流水
此鄉多雜俗戎夏殊音旨顧問邊塞人
勞情曷云已

贈輕車

悠悠遠行歸，經春涉長道。出冀桑始青，洛陽蠶已老。憶昨戎馬地，別時心草草。烽火從北來，邊城閑當早。平生少相遇，未得展懷抱。今日杯酒中，見君交情好。

岐王宅觀妓

二月春來半，王家日正長。拂拂柳垂金屋煖，花覆玉樓香。拂匣先開鏡，臨調笙更

炙簧長將歌舞態只擬奉君王

題沈隱侯八詠樓

梁日東陽守為樓望越中綠窻明月在青史古人空江靜聞山狖川長數塞鴻登臨白雲晚留恨此遺風

贈梁州張都督

聞君為漢將虜騎不南侵出塞清沙漠還家拜羽林風霜臣節苦歲月主恩深

為語西河使知余報國心

題黄雀楼

昔人已乘白雲去茲地空餘黄雀樓黄
雀一去不復返白雲千載空悠〻晴川歷〻
漢陽樹芳草萋〻鸚鵡洲日暮鄉關何處
是烟波江上使人愁

關山月　徐九皋 河陰尉

玉塞抵長城金徽暎高闕遥心万餘里

直望三邊月霜靜影逾懸處稀光漸沒
君思不可見空歎將烏歇

戰城南

塞北狂胡旅城南敵漢圍巉巖一鼓氣
撓利五兵威虜騎瞻山哭王師拓地飛
不應須寵戰當遂勒金徽

詠史

亡國秦韓代榮身劉項年金椎擊政後

玉斗碎增前聖主稱三傑明離保四賢

已申黃石祭方慕赤松仙

途中覽鏡

四海遊長倦百年愁半侵賴窺明鏡裏

時見丈夫心

送部四鎮人注單于別知故

天下今無事雲中獨未寧忝驅更戍卒

方遠送邊庭馬飲長城水軍占太白星

國恩行可報何必守經營

松滋江北阻風　閻寬 醴泉尉

江風久未歇山雨復相仍巨浪天涯起

餘寒川上凝憂人勞夕惕鄉事憊晨興

遠聽知音駭誠哉不可陵

曉入宜都渚

問俗周楚甸川行渺江潯興隨曉光發

道入春言深回眺佳氣象遠懷潯山林

佇應舟楫用，昌務歸閒心。

古意

庭樹發華滋，瑤草復葳蕤。好鳥飛相從，愁人深此時。天中有靈匹，日夕嚬蛾眉。願逐飄風花，千里入逢帷。心逝愛不見，空歌悲莫思。

春宵覽月

月生東荒外，天雲收夕陰。愛見澄清景，

象吾虛白心耳目靜無譁神道道性深
乘興得至樂寓言因永吟
穮懷
下帷長日晝虛館早涼生芳草猶未薦
如何蜻蛚鳴秋風已振衣客土何時歸
爲問當途者寧知心有違

詠月　康定之 河陰令

天使下西樓光含萬里愁臺前疑挂鏡

簾外佀懸鈎張尹將眉學班姬取扇傳
佳期應借問為報在刀頭

河上送趙仙舟　王維 尚書右丞

相逢方一笑相送還成泣祖席已傷離
荒城復愁入天寒遠山静日暮長河急
解纜君已遥望君空佇立

初至山中

中歲頗好道晚家南山陲興来每獨注

勝事空自知行到水窮處坐看雲起時
偶然值林叟談笑無還期

途中口號

廣武城邊逢暮春汶陽歸客淚霑巾落
花寂寂啼山鳥楊栁青青渡水人

成文學

寶劍千金裝登君白玉堂身為平原客
家有邯鄲倡使氣公卿座論心遊俠場

中年不得意謝病客遊梁

扶南曲

怪來粧閣　朝下不相迎　摠在春園裏

花間語笑聲

息嬀怨

莫以今時寵　能忘昔日恩　看花滿眼淚

不共楚王言

送殷四葬

送君返葬石楼山松栢蒼蒼實驭還埋骨
白雲長已矣空餘流水向人間

贈别江　　万齊融　崑山令

東南飛鳥處言是故鄉天江上風花晚
君行定幾千計程頻破月數别屢開年
明歲潯陽水相思寄采蓮

送陳七還廣陵

風流誰氏子維有舊無雙歡酒言相

愁弦意不降落花覆河道垂楊拂水窓
海潮與春夢朝夕廣陵江

伊水門　　　　　　　　樓穎　進士
朝陟伊水門伊水入門流愜心乃成興
瀟然況孤舟霏微傍青靄容與隨白鷗
竹陰交前浦柳花媚中洲日落陰雲生
彌覺苦路幽聊以恣所適此外知何求
東郊納涼憶左威衛李録事收昆季

太原崔參軍三首 并序

僕三伏於通化門東北數里避暑之地
地即故倅天官顧公之舊林今貳冢宰
君李公之別業右抵禁籞斜界沁園空
水相輝步虹橋而下視竹木交暎弄仙
棹而傍窺足滌煩襟陶蒸暑獨注成興
恨不與數公共之率然有作因以見意

水竹誰家宅幽庭向苑門今知季倫沼

舊是辟彊園饑鷺窺魚靜鳴鵶帶子喧
興成祇自適欲自反忘言
納涼每選地近得青門東林與絛垣接
池將沁水通枝交帝女樹橘映美人虹
想是忘機者悠悠在興中
林間求適意池上得清飆稍、斜回檝
時、一度橘水光辟際動山影浪中搖不
見李元禮神仙何處要

西施石

西施昔日浣沙津，石上青苔思殺人。一去姑蘇不復返，岸傍桃李為誰春。

杭州北郭戴氏荷池送侯愉　　崔國輔 左補闕

轣近万物肅，況當臨水時。折花贈歸客，離緒斷荷絲。誰謂江國永，故人感在茲。道存過北郭，情極望東菑。高木故園意

鳴蟬竄菴悲徧舟竟何待中路每遲〻

宿瀘華寺

松雨時復滴寺門清且涼此心竟誰證
回憩支公牀辟畫感靈跡龕經傳異香
獨遊寄象外忽〻歸南昌

送韓十四被辠王推遞注濟南府

西僕情何極南冠然有餘梁王雖好士
不察獄中書

少年行

遺却珊瑚鞭白馬驕不行章臺折楊柳

春日路傍情

古意

红荷楚水曲彪炳爍晨霞未得兩回摘

䆗風吹却花時芳不待妾玉佩無処誇

悔不盛年時嫁與青樓家

渭水西別李崙

隴外長亭徙山深古塞秋不知嗚咽水何事向西流

讀前漢外戚傳　李嶷 右武衛録事

人録尚書事家臨御路傍鑿池通渭水避暑借明光印綬妻封邑軒車子拜郎寵因宮掖裏勢極必先亡

遊俠

玉劍胅傍橫金杯馬上傾朝遊茂陵道

夜宿鳳凰城豪傑多猜忌無勞問姓名

淮南寄舍弟　王泠然 校書郎

昔子從不調經歲旅源淮念爾長相失

何時返故園寄書迷處所分袂隔涼溫

遠道俱為客他鄉共在原歸情春伴雁

愁泣夜隨猿愧見高堂上朝〻獨倚門

和中書　侍郎院辟畫雲

李收 右武衛録事

粉壁畫雲成，如能上太清。影從霄漢發，光照掖垣明。映篠多幽趣，臨軒得野情。獨思作霖雨，流潤及生靈。

幽情

幽人惜春暮，潭上折芳草。佳期何時還，欲寄千里道。

宿香山閣　賀朝　會稽尉

暝上春山閣，梯雲宿半空。軒牕閉潮海，

枕席拂烟虹朱綢防棲鴿紗燈護夕蟲

一聞雞唱曉已見日曈曈

贈酒店胡妃

妃胡春酒店弦管夜鏘鏘紅毾鋪新月貂

裘坐薄霜玉盤初鱠鯉金鼎正烹羊上

客無勞散聽歌樂世娘

孤興

晴日暖朱箔夭桃色正新紅粉清鏡中

娟娟可憐嚬君子在遐險蕙心誰見珍
羅幕空掩畫玉顏暗移春江瑟語幽獨
再三情未申黄鵠千里翅芳音遲所因

正朝上左相張燕公　楊重玄 進士

歲去愁終在春還命不來長吁問丞相
東閣幾時開

戲題湖上　常建 前進士

湖上老人坐島頭湖裏桃花水却流竹

竿嫋、白波際不知何者吾釣

夏日宴衛明府宅遇北使　　孟浩然 處士

言避一時暑池亭五日開喜逢金馬客

同醉玉人杯舞鶴乘軒至游魚擁釣來

座中殊未起簫管莫相催

題榮二山池

甲第開金穴榮期樂自多櫪嘶支遁馬

池養右軍鵝竹引携琴入花邀載酒過
山公来取醉時唱接羅歌

江上思歸

木落雁南度北風江上寒我家湘水曲
遙隔楚山端鄉淚客中盡歸帆天外看
迷津欲有問平海夕漫漫

渡淅江

潮落江平未有風歸舟共濟與君同時時

引領望天末何處青山是越中

過陳大水亭

水亭涼氣多閒棹晚來過澗影見藤竹潭香聞芰荷野童扶醉舞山鳥助酣歌幽賞未云遍烟花奈夕何

長樂宮

秦城舊來稱窈窕漢家更衣應不少紅粉邀君在何處青樓苦夜長難曉長樂

宮中鐘暗來可憐歌舞慣相催歡娛此
事今寂寞唯有年年陵樹哀

渡江楊子

桂檝中流望京江兩畔明林開揚子驛
山出潤州城海盡邊陰靜江寒朔吹生
更聞楓葉下淅瀝度秋聲

懷魯　程弥綸 進士

曲阜國尼丘山周公邈難問夫子猶啟

閶闔風雲兮若見游夏興兮魯顏天孫
何為今兮學且難負星明而東遊閑

京中守歲　丁仙芝 餘杭尉

守歲多然燭通宵莫掩扉客愁當暗滿
春色向明歸玉斗巡初匝銀河落漸微
開正獻歲酒千里間庭闈

寧王山池　范朝 進士

水勢臨階轉峰形對路開槎從天上得

石是海邊來瑞草分藂種祥花間色栽
舊傳詞賦客惟見有鄒枚

題古寃寺

勝境宜長望遲春好散愁關連四塞起
河帶八川流複磴承香閣重巖映彩樓
為臨温液近偏美聖君遊

贈温駙馬汝陽王　　徐晶魯郡録事

疇昔旅餘論文章幸濫推夜陪銀漢賞

朝奉桂山詞梁郎調歌日秦樓按舞時
登高頻作賦體物屢為詩達驕長楸下
浮觴曲水湄北堂留上客南陌送佳期
憶昨陪臨汎於今阻燕私再看冬雪滿
三見夏花滋都尉朝青閣淮王侍紫墀
寧知倦遊者華髮老京師

蔡起居山亭

文史歸休日棲間臥草亭薔薇一架紫

石竹數重青垂露和仙藥焚香誦道經

莫將山水弄持與世人聽

送友人尉蜀中

故友漢中尉請爲西蜀吟人家多種橘

風土愛彈琴水向昆明闊山連大夏深

理間無別事時寄一登臨

觀美人卧　　梁鍠　執戟

妾家巫峽陽羅帳寢銀床曉日臨窗久

春風引夢長莈釵猶罥鬟徽汗欲銷黃
縱使朦朧覺魂猶逐楚王

贈李中華一首

莫向嵩山去神仙多誤人不如朝魏闕
天子重賢臣

燕歌行　屈同仙 千牛兵曹

君不見漁陽八月塞草腓征人相對併
思歸雲和朔氣連天黑蓬雜驚沙散野

飛是時天地陰埃遍瀚海龍城皆習戰
兩軍鼓角暗相聞四面旌旗看不見昭
君遠嫁已年多戎狄無厭不復和漢兵
僬月纔防塞胡騎乘氷夜渡河〻塞東西
万餘里地與京華不相似燕支山下少
春輝黃沙磧裏無流水金戈玉劍十年
征紅粉青樓多怨情厭向殊方鄉久離
別纔來愁聽擣衣聲

烏江女

越豔誰家女，朝遊江岸傍。青春猶未嫁，紅粉舊來娼。錦袖盛朱橘，銀鉤摘紫房。見人羞不語，回艇入溪藏。

昌年公之作　豆盧復　前崇玄生

但有離宫處，君王每不居。旗門芳草合，輦路小槐踈。殿閉山烟滿，牕凝野霭虚。豐年多望幸，春色待鑾轝。

落第歸鄉留別長安主人

家裏愁多不記春閒鶯始歎柳條新年
年下第東歸去羞見長安舊主人

山行尋隱者不遇　正為 進士

絶頂一茅茨直上三十里扣關無僮僕
窺室唯案几既非巾柴車應是釣龜水
蹉跎不相見黽勉空仰止草色新雨中
松聲晚窗裏雖無賓主意頗得清淨理

興盡方下山何必見夫子

題農盧舍

東風何時至已綠湖上山湖上春既早

田家日不閒溝塍流水處耒耜平蕪間

薄暮飯牛罷歸來還閉關

奉試詠青　　荆冬倩校書郎

路㵎天光遠春還月道臨草濃河畔色

槐結路邊陰未暎君王史先標胄子襟

经明如可拾自有致雲心

除夜樂城逢孟浩然 宿 張子容 晉陵尉

遠客襄陽郡來過海畔家罇開栢葉酒

燈發九枝花妙曲逢廬女高才得孟嘉

東山行樂意非是競奢華

永嘉作

拙宦從江左投荒更海邊山將孤嶼近

水共惡溪連地濕多梅雨潭蒸竹起烟

未應悲晚髮炎瘴苦華年

望秦川　李頎　新鄉尉

秦川朝望迥日出正東峰遠近山河淨逶迤城闕重轣聲万戶竹寒色五陵松客有歸歟歎淒其霜露濃

塞下曲

黄雲雁门郡日暮風沙裏千騎黒貂裘皆称羽林子金笳吹朔雪鐵馬嘶寒水

帳下飲蒲萄平生寸心是

遇劉五

雒陽一別梨花新黄鳥飛〻逢故人携
手當年共為樂無驚蕙草借殘春

白花原

白花原頭望京師黄河流水無已時秋
天曠野人行絶馬首西來知是誰

登少室山寺　褚朝陽 進士

飛閣青雲裏先秋獨早涼天花暎窓近
月桂拂簷香華岳三峰近小黄雲一帶
長空间指歸路煙處有垂楊

奉上徐中書

中禁仙池越鳳凰池邊詞客紫微郎
既能作頌雄風起何不時吹蘭蕙香

登河陽斗门見張貞期題黄河詩因
以感寄　崔曙 河内尉

吾友東南美昔聞登此樓人從天上去
書在壁中留嚴子好眞隱謝公眈遠遊
清風初作興夏日復銷愁詩與文字古
迹隨山水幽已韋蒼生望空見黃河流
榮樂春將晚悲涼物似龝天高不可問
揜泣赴行舟　三　川

奉試明堂火珠詩

正位開重屋淩空出火珠夜來雙月滿

曙後一星孤天淨光難滅雲生望欲無
遥知太平代國寶在名都

對雨送鄭陵

别愁復兼雨别淚還如霰寄心海上雲
千里常相見

九日登望仙臺仍呈劉明府容

漢文皇帝有高臺此日登臨曙色開三
晉雲山皆北向二陵風雨自東來關門

令尹誰相識河上仙公去不回我欲近
尋彭澤宰陶然共醉菊花杯
嵩山尋馮鍊師不遇
青溪訪道凌烟曙王子仙成已飛去更
值空山雷雨時雲林薄暮歸何處
趙十四兄見尋　王昌齡校書郎
寒家來舒長簟開閤乘凉風但有無弦
琴共君盡罇中晚來常讀易頃者欲還

萬世事何須道黃精且養嵆康殊寡
識張翰獨知終忽憶鱸魚膾扁舟往東

望臨洮

飲馬度秋水〻寒風似刀平沙日未沒黯〻
見臨洮當日長城戰咸言意氣高黃塵
足今古白骨亂蓬蒿

塞下曲

蟬鳴空桑林八月蕭關道出塞復入塞

處處黄昬草泣来幽并家皆向沙場老
莫學遊侠兒矜誇紫騮好

從軍古意

青海長雲暗雪山孤城遥望玉門關黄
沙百戰穿金甲不破樓蘭終不還

古意

桃花四面發桃葉一枝開欲暮黄鸝轉
傷心玉鏡臺清筝向明月半夜春風来

觀漢水　梁洽 進士

發源自嶓冢東注經襄陽一道入溟渤
別流為滄浪求思詠游女投弔悲昭王
水濱不可問日暮空湯湯

遊越溪　鄭絡

溪水碧悠悠猿聲斷客愁漁潭逢釣艇楫
月浦值孤舟訪泊隨烟火迷途視斗牛
今宵越鄉意還取醉忘憂

贈別東陽宮　嚴維 進士

明月雙溪水春風八詠樓少年爲宮處

今日送君遊

遊灞陵山

入山未晝意勝跡聊獨尋方士去在昔

藥堂留至今四隅白雲間一路青溪深

芳秀愜春目高閑宜遠心潭分化丹水

昇仙林此道人不悟坐鳴松下琴

入唐溪

嘯終萬籟起吹去當溪雲環嶼或明昧遠峰尚氣氳雨新翠葉發夜早玄象分金澗流不盡不入山深更閲

登樓　　朱斌 處士

白日依山。黃河入海流欲窮千里目更上一重樓　盡

奉和姚令駕幸溫湯喜雪應制　左拾遺 [illegible]

漢主新豐邑周王尚父師雲符沛幢唱
雪應海神期株變驚春早山明訝夕遲
況逢温液沛恩重御褒詩

閨情　　　　王諲　右補闕

日暮裁縫歇深嫌氣力微絶能收箧笥
懶起下簾帷態坐空燃燭愁眠不解衣
昨宵頻夢見夫壻莫應知
夜日看搊箏

調箏夜坐燈光裏却挂羅帷露纖指朱
弦一〻聲不同玉柱連〻影相似不知何處
學新声曲〻彈來未睹名應是石家金谷
裡流傳來滿洛陽城

駕幸温泉　盧象 右補闕

傳聞聖主幸新豐清蹕鳴鑾出禁中住。
終朝隨步輦垂楊幾處繞行宮千官
扈從驪山北萬國來朝渭水東此日小

臣徒献賦漢家誰復重揚雄

贈廣川馬先生

经書滿腹中吾識廣川翁年老甘無位
家貧懶發蒙人歸洙泗學歌盛舞雩風
願接諸生禮三年事馬融

感寓二首　　梁德裕 四门助教

彩雲呈瑞質五色發人寰獨作龍武狀
孤飛天地间隱々臨北極峨々象南山根在

帝鄉外不逢枝葉攀
幽澗生蕙若幽渚老江蘺榮落人不見
芳香徒尔為不及綠蘋草生君紅蓮池
左右美人弄朝夕春風吹葉洗玉泉水
珠清湜露溢心〻顧如此託君〻不知

長孫十一東山春夜見贈　楊諫 永樂丞

故人謝城闕揮手碧雲期谿月照隱處
松風生興時舊林日云暮芳草歲空滋

甘與子成夢請君同所思

江南美　　芮挺章 進士

春江可憐事最在美人家鸚鵡能言鳥

芙蓉巧笑花地銜金作埒水抱玉為砂

薄晚青絲騎長鞭赴狹斜

少年行

任氣稱張放銜恩在少年玉階朝就日

金屋夜晁天軒騎青雲際笙歌綠水邊

建章明月好留醉伴風烟

東溪待蘺户曹不至　張萬頃　進士

洛陽城東伊水西千花万竹使人迷臺
上柳枝臨岸低门前荷葉與檣齊日暮
待君〻不見長風吹雨過青溪

登天目山作　—

去歲離秦望今冬使楚關淚添天目水
鬓變海頭山別母烏南逝辭兄雁北還

宦遊偏不樂長為憶慈顔

詠謢容娘　　常非月 西河尉

舉手整花鈿翻身舞錦筵馬圍行処匝

人壓看場圓歌要齊聲和情教細語傳

不知心大小容得許多憐

旅次灞亭　　沈頌 無錫尉

閒琴開旅思清夜有愁心圓月正當户

徽風猶在林滄茫孤亭上歷亂多秋音

言念待明發東山幽意深

春旦歌

常聞玉嬴女玉簫臺奏曲情深彩鳳來
欲登此地銷歸恨却羨雙飛去不回

南中感懷　　樊晃前進士

南路蹉跎客未回常嗟物候暗相催四
時不變江頭草十月先開嶺上梅
和崔會稽詠王兵曹廳前湧泉勢成

中字　　　　包融 大理司直

茂德來徵應，流泉入詠歌。含靈符上善，作字表中和。有草恒垂露，無風欲偃波。為看人共水，清白定誰多。垂露偃波皆是形容字畫之意

賦得岸花臨水發

笑傍溪花叢，叢叢逐岸斜。朝開川上日，夜發浦中霞。照灼如臨鏡，丰茸勝浣沙。春來武陵道，幾樹落仙家。

怨歌　薛維翰

百尺珠樓臨狹斜新粧能唱美人車皆言賤妾紅顏好要自狂夫不憶家

覽史　張良璞長安尉

享年八十五已。歷數窮蒼生七虎门源上咆哮闗内鳴建都用鶉宿設險因金城舜曲煙火起汾河珠翠明海雲引天仗翔雪留邊兵作孽人怨久其三鬼信盈

素靈感劉季白馬從子嬰昏雷不務德
百代無芳聲

奉試冷井詩　孫欣

仙闈井初鑿靈液沁成泉色湛青苔裡
寒凝紫綆邊銅缾向影落玉甃抱虛圓
永願調神鼎堯時泰萬年

涼州詞　王之渙

一片孤城万仞山黄河直上白雲間羌

遂何須怨楊柳春風不度玉门關

單于北望拂雲堆殺馬登壇祭幾回漢

家天子今神武不肎和親歸去来

宴詞

長堤春水綠悠〻畎入漳河一道流莫聽

聲〻催去棹桃花淺處不勝舟

都中閒居　王羨門

君王巡海内北闕下明臺雲物天中少

煙花歲後來河從御苑出山向國門開
寂寞東京裏空留賈誼才

和王七度玉门關上吹笛　高適 絳郡長史

胡人吹篴戍樓間樓上蕭條海月閒借
問落梅凡幾曲從風一夜滿關山

次北固山下作　王灣 洛陽尉

客路青山外行舟綠水前潮平兩岸闊
風正一帆懸海日生残夜江春入舊年

鄉書何處達歸雁雒陽邊

題江潮莊壁　萬楚　進士

田家喜秋熟歲晏林葉稀禾黍積場圃

樝梨垂户扉野閒犬時吠日暮牛自歸

時復落花酒茅齋堪解衣

茱萸女

山陰柳家女九日採茱萸復得東鄰伴

雙爲陌上姝插枝着高髻結子玻長裾

作性常遲緩非關託丈夫平生折林樾
日入返城隅賈客要羅袖行人挑短書
蛾眉自有主年少莫踟躕

詠簾

玳瑁昔稱華玲瓏薄絳紗鈎銜門勢
曲節亂水紋斜日弄長飛鳥風搖不卷
花自當分內外非是為驕奢

于季子侍御史

南行別弟

萬里人南去三春雁北飛不知何歲月
得共爾同歸

薊門別業　祖詠 進士

別業在幽處到来生隱心南山當户牖
灃水在園林竹覆經冬雪庭昏未夕陰
寥〻人境外閒坐聽春禽

望薊门

燕臺一望客心驚簫鼓喧〻漢將營方

里寒光生積雪三邉曙色動危旌沙塲
烽燧火侵胡月海畔雲山擁薊城少小
雖非投筆論功還欲請長纓

國秀集終

丁巳之龝七月既望借守竹蕃集本録完

武功仲子周日東志於吟風館

國秀集三卷唐人詩揔二百二十篇天
寶三載國子生芮挺章撰樓穎序之其
詩之次自天官侍郎李嶠至進士祖詠
凡九十人挺章二篇穎五篇亦在其間
内王灣一篇有海日生殘夜江春入舊
年之句題曰次北固山下作而殷璠所
撰河嶽英靈集作於天寶十一載歲月
稍後然挺章所撰編選非璠之比覽者

自得之此集唐書藝文志洎本朝崇文
總目皆闕而不錄殆三館所無後儀劉
景文頃歲得之鬻古書者元祐戊辰孟
龜從景文借本錄之因識于後龍溪曾
彥和題大觀戊子冬賀方回傳於曾氏
名欠一士而詩增一篇

乾隆壬子老友鮑渌飲手贈紙色甚舊
上有潛采堂印乃知向在竹垞翁處也

國秀集三卷　旧抄本　朱竹垞藏本

唐進士芮挺章撰

天寶三載國子進士樓穎序　元祐戊辰曾彥和跋　從舊抄本字極古雅有槜李

項墨林藏本　秀水朱氏潛采堂圖籍　徐氏元佐　周氏日東　武丘周仲子印　震澤草亭

圖書標目　後入趙氏稽宜青門　歙西鮑氏知不足齋藏書諸印　賞為名家珍秀可翫

國秀集

北京師範大學圖書館藏萬曆張世才刻《唐詩六集》本

刻唐詩六集叙

六集刻成有問予者曰子家六集古今于
帙中薰採者卷帙累累可賞可咀者莫不
具在子而惟是棗棃豈必華山之騄駬始
行遠乎予曰唯唯否否集非獨詩重也選
乃所以爲詩重也選非獨其時重也唐以

淺近今當益重也善乎殷璠樓穎之言曰
文有神来氣来情来有雅體野體鄙體俗
體又曰詩者彩色相宣煙霞相映風流婉
麗之謂三百五篇並惟是可以絃歌舞蹈
是取嗟嗟此足以抉詩旨矣大都世間一
切悟入則興象生動興象生動則忘筌得

無常融合于所不自知而超出于人所不
及索章ニ字ニ造化在其筆端迎機得脉
神工為之左右至于野倨俗豔俱從五湖
淘洗塵ニ净盡只露水月鏡花故風騷以
来作者選者各詣上乘並得玄珠無踰乎
此嗣是雖極力審鑒炫博爭奇然宵燭之

與大明吾不知其奚若矣昔吳之季子一
耳招箾便謂觀止于他樂都不欲觀膾炙
哉斯言予家之刻六集意亦如此大雅其
以為何如
賜進士禮部儀制司郎中淮陰張世才題
萬曆癸卯仲夏望日

國秀集序

昔陸平原之論文曰詩緣情而綺靡是彩色相宣煙
霞交映風流婉麗之謂也仲尼定禮樂正雅頌采古
詩三千餘什得三百五篇皆舞而蹈之絃而歌之亦
取其順澤者也近秘書監陳公國子司業蘇公嘗從
容謂芮候曰風雅之後數千載間詞人才子禮樂大
壞諷者溺於所譽志者乖其所之務以聲折爲宏壯
勢奔爲清逸此蒿視者之目聒聽者之耳可爲長太
息也運屬皇家否終復泰優游闕里惟聞子夏之言

惆悵河梁獨見少卿之作及源流浸廣風雲極致雖
發詞遺句未協風騷而披林擷秀揭厲良多自開元
以來維天寶三載譴謫蕪穢登納菁英可被管絃者
都爲一集芮候即探書禹穴求珠赤水取太冲之清
詞無嫌近溷得興公之佳句寧止擲金道苟可得不
棄於厮養事非適理何貴於膏粱其有巖壑孤貞市
朝大隱神珠匿耀剖巨蚌而寧周寶劍韜精望斗牛
而未獲目之縑素有愧遺才尚欲巡采風謠旁求側
陋而陳公已化爲異物堆案颯然無與樂成遂因絕

筆今略編次見在者凡九十人詩二百二十首爲之
小集成一家之言

唐進士樓穎譔

國秀集序終

國秀集目錄

卷上

凡二十四人詩七十四首

卷中

李收二首
賀朝三首
楊重玄一首
常建一首
孟浩然七首
程彌綸一首
丁仙芝一首
凡二十四人詩七十三首

卷下

祖詠二首
敬括一首
呂令問一首闕
韋承慶一首闕
凡四十人詩七十三首

國秀集目録畢

國秀集卷上

唐國子進士芮挺章集

明淮陰張世和介夫校

李嶠字巨山趙州人擢進士第歷天官侍郎

侍宴甘泉殿

月宇臨丹地雲䆫網碧紗御筵陳桂醑天酒酌榴花

水向浮橋直城連禁苑斜承恩恣歡賞歸路滿煙霞

餞薛大夫護邊

荒隅時未遖副相下臨戎授律星芒動分兵月暈空

犀皮擁青橐象齒飾彤弓決勝三河勇長驅六郡雄
登山窺代北屈指計遼東佇見燕然上抽毫頌武功

送崔主簿赴滄州

紫陌追隨日青門相見時宦遊從此去離別幾年期
芳桂中樽酒幽蘭下調詞他鄉有明月千里照相思

送司馬先生

蓬閣桃源兩處分人間海上不相聞一朝琴裏悲黄
鶴何日山頭望白雲

宋之問 字延清汾州人考功員外

和姚給事寓直之作

清論滿朝陽高才拜夕郎還從避馬路來接珥貂行
寵就黄扉日威回白簡霜栢臺遷烏茂蘭署得人芳
禁静鐘初徹更疎漏漸長曉河低武庫流火度文昌
寓直恩輝重乘秋藻翰揚暗投空欲報下調不成章

九日登慈恩寺浮圖應制

鳳刹侵雲半虹旌倚日邊散花多寶塔張樂布金田
時菊芳仙醖秋蘭動睿篇香街稍欲晚清蹕扈歸天

題大庾嶺北驛

陽月南飛雁傳聞到此回我行殊未已何日復歸來
江靜潮初落林昏瘴不開明朝望鄉處應見嶺頭梅

登禪定寺閣

梵宇出三天登茲望八川開襟俯城闕揮手拂雲煙
函谷青山外昆池落日邊東京楊柳陌少別已經年

至端州驛見杜審言王無競沈佺期閻朝隱

題壁慨然成詠

逐臣北地承嚴譴謂到南中每相見豈意南中岐路
多千里萬里一作千山萬水分鄉縣雲搖雨散各分飛海闊

天長音信稀處處山川同瘴癘自憐能得幾人歸

登逍遙樓

逍遙樓上望鄉關綠水泓澄雲霧間北去衡陽二千里無因雁足繫書還

杜審言 字必簡襄陽人擢進士膳部員外

春日江津遊望

旅客摇邊思春江弄晚睛煙消垂柳弱霧捲落花輕飛棹乘空下回流向日平鳥啼移幾處蝶舞亂相迎忽歎人皆濁隄防水至清谷王常不讓深可戒中盈

秋夜宴臨津鄭明府宅

行止皆無地，招尋獨有君。酒中堪累月，身外即浮雲。
露白宵鐘徹，風清曉漏聞。坐攜餘興往，還似未離羣。

夏日過鄭七山齋

共有樽中好，言尋谷口來。薜蘿山徑入，荷芰水亭開。
日氣含殘雨，雲陰送晚雷。洛陽鐘鼓至，車馬繫遲回。

九日宴江陰

蟋蟀期歸晚，茱萸節候新。降霜青女月，送酒白衣人。
高興要長壽，卑棲隔近臣。龍沙即此地，舊俗坐爲隣。

贈蘇綰書記

知君書記本翩翩爲許從戎赴朔邊紅粉樓中應計日燕支山下莫經年

沈佺期字雲卿相州内黄人上元二年登進士第太子詹事

三日禁園侍宴

九重馳道出三巳禊堂開畫鷁中流動青龍上苑來野花飄御席河柳拂天杯日晩迎祥處笙鏞下帝臺

酬蘇員外味道夏晩寓直省中見贈

並命登仙閣分宵曹一作直禮闈大官供宿膳侍史護

朝衣卷幔天河入開牕月露微小池殘暑退高樹早

一作晚涼歸冠劍無時釋軒車待漏飛明朝題漢柱三

署有光輝

壽陽王花燭圖

仙媛乘龍夕天孫捧雁來可憐桃李樹更遶鳳皇臺

燭送香車入花臨寶扇開莫令銀漏曉爲盡合歡杯

夜宿七盤嶺

獨遊千里外高卧七盤西曉一作山月臨床一作牕近天

河入戶低芳春平仲綠清夜子規啼浮客空留聽褒

城聞曙雞

逢同杜員外審言過嶺

天長地闊嶺頭分去國憂離一作家見白雲洛浦肝腸

無用說一作洛浦風光何所似崇山瘴癘不堪聞南浮漲海鳶

一作人何處北望衡陽雁幾羣兩地春風一作江山萬餘里

何時重謁聖明君

張說字道濟洛陽人歷官左丞相封燕國公謚文貞

五君詠五首

魏齊公元忠

齊公生人表逈天聞鶴唳清論早揣摩玄心晚超詣
入相廊廟靜出軍沙漠霽見深呂祿憂舉後陳平計
茸心除君惡足以報先帝

蘇許公瓌

許公信國楨克美具瞻情百事資朝問三章廣世程
處高心不有臨節自爲名朱戶傳新戟青松拱舊塋
淒涼丞相府餘慶在玄成

李趙公嶠

李公寔神敏才華乃天授睦親何用心處貴不忘舊

故事遵臺閣新詩冠宇宙在人忠所奉惡我誠將宥

南浦去無歸嗟嗟蔑孫秀

郭代公元振

代公舉鵬翼懸飛摩海霧志康天地屯適與雲雷遇

興亡一言決安危萬心注大勲書王府寧命淪江路

勢傾北夏門哀靡東平樹

趙耿公彥昭

耿公山嶽靈才傑心亦妙鷙鳥峻標立哀玉扣清調

協賛休明啓恩華日月照何意瑤臺雲風吹落江徼

湘流下潯陽灑淚一投弔

徐安貞龍游人應制科一歲三上俱及第累官至工部侍郎封東海子卒贈尚書

奉和聖製答二相出雀鼠谷

兩臣初入夢二月扈巡邊淵北寒猶在山南春半傳頌聲先奉御辰象復回天雲日明千里旌旗照一川枌陰低輦路草色變新田還望汾陽近宸遊自窅然

從駕溫泉宫

神女調溫液年年待聖人試開臨水殿來洗屬車塵煖氣隨明主恩波浹近臣靈威自無極從此獻千春

書殿賜宴應制

校文常近日賜宴忽昇天酒正傳杯至饔人捧案前
玉階鳴溜水清閣引歸煙共惜芸香暮春風度幾年

送王判官

明月開三峽花源出五溪城池青壁裏煙火綠林西
不畏王程促惟愁仙路迷巴東下歸棹莫待夜猿啼

送吕向補闕西嶽勒碑

聖作西山頌君其出使年勒碑懸日月驅傳接雲煙
寒盡函關路春歸洛水邊别離能幾許朝暮玉墀前

送丹陽採訪

郡縣分南國皇華出聖朝爲鄰鄉棹近不道使車遥

舊俗吴三讓遺風漢六條願言除疾苦天子聽謳謡

張敬忠 官京兆

邊詞

五原春色舊來遲二月垂楊未挂絲即今河畔氷開

日正是長安花落時

賀知章 字季真官秘書監太常博士禮部侍郎

送人之軍

常經絶脉塞復見斷腸流迭子成令別令人愁音愁

隴雲晴半雨邊草夏先秋萬里長城寄無貽漢國憂

偶遊主人園　一作題袁氏別業

主人不相識偶坐爲林泉莫謾愁酤酒囊中自有錢

徐彦伯　名洪以字行兖州瑕丘人歷官太子賓客

孤燭歎

切切夜閨冷微微孤燭然玉盤紅淚滴金燼彩光圓

暖手縫輕素嚬蛾續斷絃相思咽不語回向錦屏眠

王翰　字子羽晋陽人擢進士第歷官駕部員外郎後坐貶道州司馬

涼州詞二首

蒲萄美酒夜光杯欲飲琵琶馬上催醉卧沙場君莫笑古來征戰幾人回

其二

秦中花鳥巳應闌塞外風沙猶自寒夜聽胡笳折楊柳教人氣盡憶長安

董思恭 官至右史中書舍人

昭君怨

琵琶馬上彈行路曲中難漢月正南遠燕山極一作直

北寒鬢髮風拂亂眉黛雪沾殘斟酌紅顔改盡一作徒勞握鏡看

杜儼新安丞

客中作

書劍催人不暫閑洛陽覊旅復秦關容顔歲歲愁邊改鄉國時時夢裏還

崔滌殿中少監

望韓公堆

韓公堆上望秦川渺渺關山西接連孤宦一身千里

外未知歸日是何年

沈宇太子洗馬

武陽送别

菊黄蘆白雁初飛羌笛胡笳淚滿衣送君腸斷秋江水一去東流何日歸

劉庭芝字希夷汝州人廣文進士

覽鏡

青樓挂明鏡臨照不勝悲白髮今如此人生能幾時

秋風下山路明月上春期歎息君恩盡容顔不可思

晚春

佳人眠洞房回首見垂楊寒盡鴛鴦被春生玳瑁床

庭陰暮青靄簾影散紅芳寄語同心伴迎春且薄粧

歸山

歸去嵩山道煙花覆青草草綠山無塵山青楊柳春

日暮松聲合空歌思殺人

張九齡字子壽韶州曲江人擢進士歷官左丞相謚文獻

詶宋使君見贈之作

時來不自意宿昔謬鈞衡翊聖負明主妨賢愧友生

罷歸猶右職，待罪尚南荆。政是留棠舊，風因繫組淸一作成。軒車問疾苦，黎庶荷仁明。衰廢時將薄，祗應僚舊情。

和王司馬折梅寄京中昆弟

離別念同嬉，芬榮欲共持。獨攀南國樹，遥寄北風時。林惜迎春早，花愁去日遲。仍聞折梅處，更有棣華詩。

春燕寄懷

海燕何微眇，乘春亦蹔來。不知泥滓賤，祗見玉堂開。繡戶時雙入，雕梁日幾囘。無心與物競，鷹隼莫相猜。

席豫字建侯襄陽人舉孝廉擢上第歷官吏部侍郎禮部尚書

蒲津迎駕此篇乃宋璟詩

囘鑾下蒲坂飛旆指秦京洛上黄雲送關中紫氣迎

霞朝看馬色月曉聽雞鳴防拒連山險長橋壓水平

省方知化洽察俗覺時清天下長無事空餘襟帶名

奉和勑賜公主鏡

令節頒龍鏡仙輝下鳳臺含靈萬象入寫照百花開

色與皇明散光隨聖澤來妍媸氷鑑裏從此媿非才

李邕字泰和揚州人歷官靈昌太守

詠雲

綵雲驚歲晚繚繞孤山頭散作五般色凝爲一段愁影雖沈澗底形在天際遊風動必飛去不應長此留

盧僎中宗時人歷官學士吏部員外

十月梅花書贈

君不見巴鄉冬候與華別年年十月梅花發上苑今應雪作花寧知此地花爲雪自從遷播落黔巴三見江上開新花故園風光虛洛汭窮峽凝雲度歲華花情縱似河陽好客心倍傷邊候早春犹颯驚樓上梅

霜威未落江潭草江水侵天去不還櫻花覆簾空坐
攀一向花前看白髮幾回夢裏憶紅顏紅顏白髮雲
泥改何異桑田移碧海却想華年故國時惟餘一片
空心在空心弔影向誰陳雲臺仙閣舊遊人儻知巴
樹連冬發應憐南國氣長春

秋曉坐閣遇舟東下揚州即事寄上族父江

陽令

虎嘯山城晚猿鳴江樹秋紅林架落照青峽送歸流
歸流赴淮海征帆下揚州族父江陽令盛業繼前修

文掩崔亭伯德齊陳太丘時哉惜未與千載且爲儔
憶昔山陽會長懷東上遊稱觴阮林下賦雪謝庭幽
道濃禮自略氣舒文轉遒高情薄雲漢酣態坐芳洲
接席復連軫出入陪華輈獨善與兼濟語默奉良籌
歲月歡無已風雨暗颼颼掌憲時持節爲邦邈海頭
子人惠雖樹蒼生望且留微躬趍直道神甸忝清猷
仙臺適西步蠻徼忽南浮宇内皆安樂天涯獨遠投
忠信徒堅仗神明豈默酬觀生海漫漫稽命天悠悠
雲昏巴子峽月遠吳王樓懷昔明不寐悲今歲屬周

喟無排雲翮暫得抒離憂空灑霑江淚萬里逐行舟

初出京邑有懷舊林

賦生期獨得素業守微班外忝文學知鴻漸鴛鷺間

内傾水木趣築室依近山晨趍天日宴夕卧江海閑

松風生座隅仙禽舞亭灣曙雲林下客霽月池上顔

雖曰坐郊園靜默非人寰時步蒼龍闕寧異白雲關

語濟豈時顧默善忘世攀世網余何觸天涯謫南蠻

回首思洛陽喟然悲貞艱舊林日夜遠孤雲何時還

上奉皇太子新院應制

佳氣曉葱葱乾行入震宫前星迎北極少海被南風
覗膳銅樓下吹笙玉座中訓深家以正義舉俗爲公
父子成釗合君臣禹啓同仰天歌聖道猶愧乏雕蟲

奉和李令扈從溫泉宫賜遊驪山韋侍郎别

業

風后軒皇佐雲峰謝客居承恩來翠嶺締賞出丹除
飛蓋松溪寂清笳玉洞虚窺巖詳霧豹過水略泉魚
鄉入無何有時還上古初伊臯羞過狹䕫郦服麤疎
白雲緣情降青霞落卷舒多慙郎署在輕繼國風餘

送蘇八給事出牧徐州相國請出用芳韻

金門屬元方璅闈連季常畏盈聯出守分命乃維良

曉騎辭朝遠春帆向楚長賢哉謙自牧天下詠餘芳

季冬送戶部郎中使黔府選補

握鏡均荒服分衡得大同徵賢一臺上補吏五溪中

雨露將天澤文章播國風漢庭睽直諒楚峽望清通

馬逐霜鴻漸帆沿曉月空還期鳳池拜照耀列星宫

讓帝挽歌詞二首

泰伯玄風遠延州德讓行闔棺追大節樹羽冊鴻名

地戸迎天仗皇階失帝兄還聞漢明主解劍泣東平

其二

朝天馳馬絕冊帝　宫祖恍惚陵廟新蕭條池館古

萬化一朝空哀樂此路同西園有明月修竹韻悲風

題殿前桂葉

桂樹生南海芳香隔楚山今朝天上見疑是月中攀

歲晚還京臺望城闕成口號先贈交親

紫陌開行樹朱城出晚霞猶憐慣去國疑是夢還家

風弱知催柝林青覺待花交親望歸騎幾處擁年華

南樓望

去國三巴遠登樓萬里春傷心江上客不是故鄉人

臨川送别

秋郊日半隱野樹煙初映風水正蕭條那堪動離詠

張𠐊 司勲員外

江南遇雨

江天寒意少冬半雨仍飛出户愁爲聽從風灑客衣

旅魂驚處斷鄉信意中微幾日應晴去孤舟且欲歸

孫逖 博州人開元十年舉賢良方正集賢修撰中書舍人刑部侍郎

送趙大夫護邊

外域分都護中臺命職方欲傳清廟略先取劇曹郎
已佩登臺印猶懷伏奏香一作章百壺開詔一作祖餞四
牡誡戎裝青海連西掖一作夔黃河帶北涼關山瞻漢
月戈劍宿胡霜體國才先著論兵策復長果持文武
術還繼杜當陽

張丞相燕公挽歌詞二首

海內文章伯朝端禮樂英一言輿寶運三入濟羣生
命與才相偶年將位不并台星忽已坼流慟軫皇情

其二

甲第三重戟高門四列戻已成冠蓋里更有鳳皇樓

人世方爲樂生涯遽若休空餘掌綸地傳慶百千秋

送張環攝御史監南選

漢使得張綱威名攝遠方恩霑柱下史榮比選曹郎

江帶黔中闊山連峽水長莫愁炎暑地秋至有嚴霜

春日留别

春路逶迤花柳前孤舟晚泊就人煙東山白雲不可

見西陵江月夜涓涓春江夜盡潮聲度征帆遥從此

中去越國山川看漸無可憐愁思江南樹

途中口號

鄴城東北望陵臺珠翠繁華去不回無復新粧艷紅

粉空餘故壟滿青苔

趙良器 兵部員外

三月三日曲江侍宴應制

聖祖發神謀靈符叶帝求一人光錫命萬國荷時休

雷解圜丘畢雲需曲水遊岸花迎步輦仙仗擁行舟

睿澤天中降恩波海外流小臣同品物陪此樂皇猷

鄭國夫人挽歌詞

淑德延公胄宜家接帝姻桂宫男掌僕蘭殿女昇嬪恩澤昭前命盈虛變此辰百年今已矣彤管列何人

黄麟 金部員外

郡中客舍

蟲響亂啾啾更人正數籌魂歸洞庭夜霜臥洛陽秋微月有時隱長河到曉流起來還囑雁鄉信在吴洲

郭向 太子尉

途中口號

抱玉三朝楚懷書十上秦年年洛陽陌花鳥弄歸人

國秀集卷上 終

國秀集卷中

唐國子進士芮挺章集

明淮陰張世和介夫校

郭良金部員外

題李將軍山亭

鳳轄將軍位龍門司隷家衣冠爲隱逸山水作繁華

徑出重林草池搖兩岸花誰知貴公第亭院有煙霞

早行

早行星尚在數里未天明不辨雲林色空聞風水聲

月從山上落河入斗間橫漸至重門外依稀見洛城

蔣洌考功員外

南溪別業

結宇依青嶂開軒對綠疇樹交花兩色溪合水同流竹徑春一作風來掃蘭樽夜不收逍遥自得意鼓腹醉中遊

古意

冉冉紅羅帳開君玉樓上畫作同心鳥銜花兩相向春風正可憐吹映綠牕前妾意空相感君心何處邊

劉庭琦西河長史

從軍

朔風吹寒塞胡沙千萬里陣雲出岱山孤月生海水
次勝方求敵銜恩本輕死蕭蕭牧馬鳴中夜拔劍起

詠木槿樹題武進文明府廳

物情良可見人事不勝悲莫恃朝榮好君看暮落時

王喬安定太守

過故人舊宅

故人軒騎罷歸來舊宅園林閉不開惟餘挾瑟樓中

婦哭向平生歌舞臺

張諤 陳王掾

東封山宴羣臣

萬里扈封巒羣公遇此歡幔城連夜靜霜仗滿空寒輦路宵煙合旌門曉月殘明朝陪聖主山下禮圓壇

岐王席上詠美人

半額畫雙蛾盈盈燭下歌玉杯寒意少金屋夜情多香艷王分帖裙嬌勑賜羅平陽莫漫一作相妬喚出不如他

贈吏部孫員外濟

天子愛賢才星郎入拜來明光朝半下建禮直初廻
名帶含香發文隨綺幕開披雲自有鏡從此照仙臺

岐王山亭

王家傍緑池春色正相宜豈有樓臺好兼看草樹奇
石榴天上葉椰子日南枝出入千門裏年年樂未移

九日宴

秋葉風吹黃颯颯晴雲日照白鱗鱗歸來得問茱萸
女今日登高醉幾人

鄭審司勳員外

酒席賦得匏瓢

華閣與賢開仙瓢自遠來幽林常伴許陋巷亦隨回桂影憐紅壁傾心向綠杯何曾斟酌處不使玉山頹

薛奇童大理司直

擬古

沙塵朝蔽日失道還相遇寒影波上雲秋聲月前樹川氣生曉夕野陰乍煙霧沲沲滮池水犬馬不敢度吮癰世所薄挾纊恩難顧不見古時人中宵淚橫注

和李起居秋夜之作

過庭聞禮日趨侍記言囘獨卧玉牕前卷簾殘雨來高秋南斗轉涼夜北堂開水影入朱戶螢光生綠苔簡成良史筆年是洛陽才莫重白雲意時人許上台

吳聲子夜歌

靜掃黃金堦飛霜皎如雪下簾彈箜篌不忍見秋月

崔顥汴州人司勳員外郎太僕寺丞

古遊俠呈軍中諸將

少壯負膽氣好勇復知機杖劍出門去孤城逢合圍

殺人遼水上走馬漁陽歸錯落金鎖甲蒙茸貂鼠衣
還家行且獵弓矢速如飛地迥鷹犬疾草深狐兎肥
腰間帶兩綬轉盻生光輝顧謂今日戰何如隨建威

結定襄郡獄効陶體

我在河東時使往定襄里定襄諸小兒爭訟紛城市
長老莫敢言太守不能理譾書盈几案文墨相塡委
牽引井市翁追呼田家子我來折此獄五聽辨疑似
小大必以情未嘗施鞭箠是時三月暮遍野農耕起
里巷鳴春鳩田園引流水此鄉多雜俗戎夏殊音旨

顧問邊塞人勞情曷云已

贈輕車

悠悠遠行歸經春涉長道幽冀桑始青洛陽蠶巳老
憶昨戎馬地别時心草草烽火從北來邊城閉常早
平生少相遇未得展懷抱今日杯酒閒見君交情好

岐王席觀伎

二月春來半王家日漸長柈垂金屋暖花覆玉樓香
拂匣先臨鏡調笙更炙簧長將歌舞態只擬奉君王

題沈隱侯八詠樓

梁日東陽守爲樓望越中綠牕明月在青史古人空
江静聞山狖川長數塞鴻登臨白雲晩留恨此遺風

贈梁州張都督

聞君爲漢將虜騎不南侵出塞清沙漠還家拜羽林
風霜臣節苦歲月王恩深爲語西河使知余報國心

黄鶴樓

昔人已乘白雲去此地空餘黄鶴樓黄鶴一去不復
返白雲千里空悠悠晴川歷歷漢陽樹春草青青鸚
鵡洲日暮鄉關何處是煙波江上使人愁

徐九皋河陰尉

關山月

玉塞抵長城金微映高闕遥心萬餘里直望三邊月霜靜影逾懸露晞光漸没思君不可見空歎將焉歇

戰城南

塞北狂胡旅城南敵漢圍巉巖一鼓氣拔利五兵威虜騎瞻山哭王師拓地飛不應須寵戰當遂勒金微

詠史

亾國秦韓代榮身劉項年金椎擊政後玉斗碎增前

聖王稱三傑明離保四賢巳申黄石癸方慕赤松仙
迯部四鎮人徃單于别知故
天下今無事雲中獨未寧泰驅更戍卒方遠迯邊庭
馬飲長城水軍占太白星國恩行可報何必守經營
途中覽鏡
四海遊長倦百年愁半侵頼窺明鏡裏時見丈夫心
閻寬　醴泉尉
松滋江北阻風
江風久未歇山雨復相仍巨浪天涯起餘寒川上凝

憂人勞夕惕鄉事僕晨興遠聽知音駭誠哉不可陵

曉入宜都渚

問俗周楚甸川行渺江潯與隨曉光發道會春言深
回眺佳氣象遠懷得山林佇應舟楫用曷務歸閑心

古意

庭樹發華滋瑤草復葳蕤好鳥飛相從愁人深此時
天中有靈匹日夕覊蛾眉願逐飄風花千里入遥帷
心逝愛不見空歌悲莫悲

春宵覽月

月生東荒外天雲收夕陰愛見澄清景象吾虛白心
耳目靜無譁神道性深乘興得至樂寓言因永吟

秋懷

下帷長日盡虛館早涼生芳草猶未薦如何蜻蛚鳴
秋風已振衣客子何時歸爲問當途者寧知心有違

康庭芝 河陰令

詠月

天使下西樓光含萬里秋臺前疑挂鏡簾外似懸鈎
張尹將眉學班姬取扇儔佳期應借問爲報在刀頭

王維 字摩詰太原人開元九年擢進士第一歷官尚書右丞

河上送趙仙舟 一作齊州送祖三

相逢方一笑相送還成泣祖席已傷離荒城復愁入天寒遠山靜日暮長河急解纜君已遥望君空佇立

初至山中 集作終南别業河嶽英靈作入山寄城中故人

中歲頗好道晚家南山陲興來每獨往勝事空自知行到水窮處坐看雲起時偶然見林叟譚笑滯還期

途中口號 一作寒食汜上作

廣武城邊逢暮春汶陽歸客淚霑巾落花寂寂啼山

烏楊栦青青渡水人

成文學

寶劍千金裝登君白玉堂身爲平原客家有邯鄲倡

使氣公卿坐論心遊俠塲中年不得意謝病客遊梁

扶南曲 一作班婕妤

恠來粧閣閉朝下不相迎摠在春園裏花閒語笑聲

息嬀怨 一作息夫人

莫以今時寵能忘昔日恩看花滿眼淚不共楚王言

迸殿四葬

送君返葬石樓山松柏蒼蒼賓馭還埋骨白雲長已
矣空餘流水向人間

萬齊融　唐書作會稽人開元初與于休烈包融等齊名崑山令

贈別江

東南飛鳥處言是故鄉人江上風花晚君行定幾千
計程頻破月數別屢開年明歲潯陽水相思寄採蓮

送陳七還廣陵

風流誰氏子雖有舊無雙歡酒言相送愁弦意不降
落花馥河道垂楊拂水牕海潮與春夢朝夕廣陵江

樓穎　進士

伊水門

朝陟伊水門伊水入門流憾心乃成興澹然泛孤舟
霏微傍青靄容與隨白鷗竹陰交前浦柳花媚中洲
日落陰雲生彌覺茲路幽聊以恣所適此外知何求

東郊納涼憶左威衛李録事收昆季太原崔

參軍三首　并序

僕三伏於通化門東北數里避暑之地地即故
倅天官顧公之舊林今貳冢宰君李公之別業

右抵禁籞斜界沁園空水相輝步虹橋而下視竹木交映弄仙棹而傍窺足滌煩襟陶蒸暑獨徃成興恨不與數公共之率然有作因以見意

水竹誰家宅幽庭向苑門今知季倫沼舊是辟疆園饑鷺窺魚靜鳴鵶帶子喧興成秪自適欲白反忘言

其二

納涼每選地近得青門東林與繚垣接池將沁水通枝交帝女樹橋映美人虹想是忘機者悠悠在興中

其三

林間求適意池上得清飈稍稍斜回檝時時一度橋
水光壁際動山影浪中搖不見李元禮神仙何處要

西施石

西施昔日浣紗津石上青苔思殺人一去姑蘇不復
返岸傍桃李爲誰春

崔國輔 吴郡人歷官學士禮部員外郎後坐貶晉陵郡司馬

杭州北郭戴氏荷池送侯愉

秋近萬物肅況當臨水時折花贈歸客離緒斷荷絲
誰謂江國永故人感在兹道存過北郭情極望東菑

喬木故園意鳴蟬窮巷悲扁舟竟何待中路每遲遲

宿法華寺

松雨時復滴寺門清且涼此心竟誰證回憇支公床壁畫感靈跡龕經傳異香獨遊寄象外忽忽歸南昌

送韓十四被魯王種迤往濟南府

西候情何極南冠怨有餘梁王雖好士不察獄中書

少年行

遺却珊瑚鞭白馬驕不行章臺折楊柳春日路傍情

古意

紅荷楚水曲彪炳爍晨霞未得兩回摘秋風吹却花
時芳不待妾玉佩無處誇悔不盛年時嫁與青樓家

滑水西別李崙

隴外長亭堠山陰古塞秋不知嗚咽水何事向西流

李嶷右武衛錄事

讀前漢外戚傳

人錄尚書事家臨御路傍鑿池通渭水避暑借明光

遊俠一作少年行

印綬妻封邑軒車子拜郎寵因宮掖裏勢極必先亡

玉劍膝旁一作邊横金杯馬上傾朝遊茂陵道夜宿鳳
皇城豪吏多猜忌無勞問姓名

王泠然校書郎

淮南寄舍弟

昔余從不調經歲旅淮源念爾長相失何時返故園
寄書迷處所分袂隔涼溫遠道俱爲客他鄉共在原
歸情春伴雁秋泣夜隨猿愧見高堂上朝朝獨倚門

李收右武衛錄事

和中書侍郎院壁畫雲

粉壁畫雲成如能上太淸影從霄漢發光照掖垣明
映篠多幽趣臨軒得野情獨思作霖雨流潤及生靈

幽情

幽人惜春暮潭上折芳草佳期何時還欲寄千里道

賀朝 會稽尉

宿香山閣

暝上春山閣檢雲宿半空軒牕閉潮海枕席拂煙虹
朱網防棲鴿紗燈護夕蟲一聞雞唱曉已見日曈曨

贈酒店胡姬

胡妃春酒店絃管夜鏘鏘紅錫鋪新月貂裘坐薄霜
玉盤初鱠鯉金鼎正烹羊上客無勞散聽歌樂世娘

孤輿

晴日煖珠箔夭桃色正新紅粉青鏡中娟娟可憐嚬
君子在遐險蕙心誰見珍羅幕空掩晝玉顔暗移春
江瑟語幽獨再三情未申黄鵠千里翅芳音遲所因

楊重玄開元初人擢進士

正朝上左相張燕公

歲去愁終在春還命不來長吁閤丞相東閣幾時開

常建 開元十五年進士 大曆中爲盱眙尉

戲題湖上

湖上老人坐磯一作島頭，湖裏桃花水却流。竹竿嫋嫋

白波一作波無際，不知何者吞吾鉤。

孟浩然 襄陽人，隱鹿門山

夏日宴衛明府宅遇北使

言避一時暑，池亭五月開。喜逢金馬客，同飲玉人杯。

舞鶴乘軒至，遊魚擁釣來。座中殊未起，簫管莫相催。

宴榮二山池

甲第開金穴榮期樂自多櫪嘶支遁馬池養右軍鵝
竹引携琴入花邀載酒過山公來取醉時唱接離歌

江上思歸

木落雁南度北風江上寒我家襄一作湘水曲遥隔楚
山雲一作端鄉淚客中盡歸帆天外際一作看迷津欲有
問平海夕漫漫

夏日浮舟過陳大水亭

水亭涼氣多閑棹晚來過澗影見藤竹潭香聞芰荷
野童扶醉舞山鳥助酣歌幽賞未云遍煙光奈夕何

渡浙江問舟中人

潮落江平未有風歸舟共濟與君同時時引領望天
末何處青山是越中

長樂宮

秦城舊來稱窈窕漢家更衣應不少紅粉邀君在何
處青樓苦夜長難曉長樂宮中鐘暗來可憐歌舞慣
相催歡娛此事今寂寞惟有年年陵樹哀

渡楊子江

桂檝中流望京江兩畔明林開楊子驛山出潤州城

海盡邊陰靜江寒朔吹生更聞楓葉下淅瀝度秋聲

程彌綸 進士

懷魯

曲阜國尼丘山周公邈難問夫子猶啓關履風雩兮若見遊夏興兮魯顏天孫天孫何爲今兮學且難負星明而遊閑閑

丁仙芝 曲阿人官餘杭尉

京中守歲

守歲多然燭通宵莫掩扉客愁當暗滿春色向明歸

玉斗巡初匝銀河落漸微開正獻歲酒千里間庭闈

國秀集卷中 終

國秀集卷下

唐國子進士芮梃章集

明淮陰張世和介夫校

范朝　進士

寧王山池

水勢臨階轉峰形對路開槎從天上得石是海邊來

瑞草分叢種祥花間色栽舊傳詞賦客惟見有鄒枚

題石甕寺

勝境宜長望遲春好散愁關連四塞起河帶八川流

複磴承香閣重巖映彩樓爲臨温液近偏美聖君遊

徐晶 開元初人 會郡錄事

贈温駙馬汝陽王

疇昔承餘論文章幸濫推夜陪銀漢賞朝奉桂山詞
梁邸調歌日秦樓按舞時登高頻作賦體物屢爲詩
連騎長楸下浮觴曲水湄北堂留上客南陌送佳期
憶昨陪臨泛于今阻宴私再看冬雪滿三見夏花滋
都尉朝青閣淮王侍紫墀寧知倦遊日華髮老京師

蔡起居山亭

文史歸休日樓閑臥草亭薔薇一架紫石竹數重青

垂露和仙藥燒香誦道經莫將山水弄持與世人聽

送友人尉蜀中

故友漢中尉請為西蜀吟人家多種橘風土愛彈琴

水向昆明闊山連大夏深理閑無别事時寄一登臨

梁鍠（執戟）

觀美人臥

妾家巫峽陽羅帳寢銀床曉日臨牕久春風引夢長

落釵猶罥（一作挂）鬢微汗欲銷黄（一作香）縱使朦朧覺魂

猶逐楚王

贈李中華

莫向嵩山去神仙多誤人不如朝魏闕天子重賢臣

屈同仙 千牛兵曹按搜玉集文苑英華俱作屈同

燕歌行

漁陽八月塞草腓征人相對併思歸雲和朔氣連天黑蓬雜驚沙散野飛是時天地陰埃遍瀚海龍城皆習戰兩軍鼓角暗相聞四面旌旗看不見昭君遠嫁已年多戎狄無厭不復和漢兵候月秋防塞胡騎乘

氷夜渡河河塞東西萬餘里地與京華不相似燕支山下少春暉黄沙磧裏無流水金戈玉劍十年征紅粉青樓多怨情厭向殊鄉久離別秋來愁聽擣衣聲

烏江女

越艷誰家女朝遊江岸傍青春猶未嫁紅粉舊來倡錦袖成朱橘銀鈎摘紫房見人羞不語回艇入溪藏

豆盧復 前崇玄生

昌年宫作

但有離宫處君王每不居旗門芳草合輦路小槐疎

殿閉山煙滿牕凝野靄虛豐年多望幸春色待鑾輿

落第歸鄉留別長安主人

客裏愁多不記春聞鶯始歎柳條新年年下第東歸去羞見長安舊主人

丘爲 嘉興人擢進士太子右庶子

尋西山隱者不遇

絕頂一茅茨直上三十里扣關無僮僕窺室惟案几若非巾柴車應是釣秋水蹉跎不相見黽俛空仰止草色新雨中松聲晚牕裏 本集此下仍有二句云及茲契幽絕自足蕩心耳

雖無賓主意頗得清淨理興盡方下山何必見之子

題農夫廬舍

東風何時至已緑湖上山湖上春既早田家日不閑

溝塍流水處耒耜平蕪間薄暮飯牛罷歸來還閉關

荆冬倩　校書郎

奉試詠青

路闊天光遠春還月道臨草濃河畔色槐結路邊陰

未映君王史先標胄子襟經明如可拾自有致雲心

張子容　晉陵尉

除夜樂城逢孟浩然

遠客襄陽郡來過海畔家樽開柏葉酒燈發九枝花
妙曲逢盧女高才得孟嘉東山行樂意非是競繁華

永嘉作

拙宦從江左投荒更海邊山將孤嶼近水共惡溪連
地濕梅多雨潭蒸竹起煙未應悲晚髮炎瘴苦華年

李頎東川人開元十三年進士新鄉尉

望秦川

秦川朝望迥日出正東峰遠近山河淨逶迤城闕重

秋聲萬户竹寒色五陵松客有歸歟歎淒其霜露濃

塞下曲

黄雲雁門郡日暮風沙裏千騎黑貂裘皆稱羽林子

金笳吹朔雪鐵馬嘶雲水帳下飲葡萄平生寸心是

遇劉五

洛陽一别梨花新黄鳥飛飛逢故人攜手當年共爲

樂無驚蕙草惜殘春

白花原

白花原頭望京師黄河水流無已時一作盡期秋天一作窮秋

曠野行人絕馬首西一作東來知是誰

褚朝陽 進士

登少室山寺 一作登聖善寺閣

飛閣青雲裏先秋獨早涼天花映𢇁近月桂拂簷香

華嶽三峰小黄河一帶長空間指歸路煙處有垂楊

奉上徐中書

中禁仙池越鳳皇池邊詞客紫薇郎既能作頌雄風

起何不時吹蘭蕙香

崔曙 宋州人開元二十六年進士河内尉

登河陽水門樓見張貞期題望黄河詩因以

感興

吾友東南美昔聞登此樓人從川上逝書向壁中留
嚴子好真隱謝公耽遠遊清風初作頌暇日復銷愁
時與文字古迹隨山水幽已臯蒼生望空見黄河流
榮樂春將晚悲涼物似秋天高不可問掩泣赴行舟

奉試明堂火珠詩

正位開重屋凌空出火珠夜來雙月滿曙後一星孤
天淨光難滅雲生望欲無遥知太平代國寳在名都

九日登望仙臺仍呈劉明府容

漢文皇帝有高臺此日登臨曙色開三晉雲山皆北向二陵風雨自東來關門令尹誰能識河上仙翁去不回我欲近尋彭澤宰陶然共醉菊花杯

對雨送鄭陵

別愁復兼雨別淚還如霰寄心海上雲千里長相見

嵩山尋馮鍊師不遇

青溪訪道淩煙曙王子仙成已飛去更值空山雷雨時雲林薄暮歸何處

王昌齡字少伯江寧人開元十五年進士秘書郎坐貶龍標尉

趙十四兄見尋

客來舒長簟開閤乘涼風但有無絃琴共君盡尊中晚來常讀易頃者欲還嵩世事何須道黄精且養蒙稽康殊寡識張翰獨知終忽憶鱸魚膾扁舟往江東

望臨洮一作塞下曲

飲馬度秋水水寒風似刀平沙日未没黯黯見臨洮當日長城戰咸言意氣高黄塵足今古白骨亂蓬蒿

塞下曲

蟬鳴空桑林一作桑樹間八月蕭關道出塞復入塞一作出塞入塞寒處處黄盧草從來幽并客皆向沙塲老莫作遊俠兒矜誇紫騮好

從軍行

青海長雲暗雪山孤城遥望玉門關黄沙百戰穿金甲不破樓蘭終不還

古意

挑花四面發桃葉一枝開欲暮黄鸝囀傷心玉鏡臺清筝向明月半夜春風來

梁洽　進士

觀漢水

發源自嶓冢東注經襄陽一道入溟渤别流爲滄浪

求思詠遊女投弔悲昭王水濱不可問日暮空湯湯

鄭紹　武進尉

遊越溪

溪水碧悠悠猿聲斷客愁漁潭逢釣楫月浦值孤舟

訪泊隨煙火迷途視斗牛今朝越鄉意還取醉忘憂

嚴維　字文正越州人武德二年進士校書郎

贈别東陽客

明月雙溪水春風八詠樓少年爲客處今日送君遊

遊灞陵山

入山未盡意勝跡聊獨尋方士去在昔藥堂留至今四隅白雲閑一路青溪深芳秀惬春目高閑宜遠心潭分化丹水　昇仙林此道人不悮坐鳴松下琴

入唐溪

嘯終萬籟起吹去當溪雲環嶼或明昧遠峰尚氛氳雨新翠葉發夜早玄象分金澗流不盡入山深更聞

朱斌處士

登樓

白日依山盡黄河入海流欲窮千里目更上一重樓

蘇綰左拾遺

奉和姚令駕幸温湯喜雪應制

漢主新豐邑周王尚父師雲符沛童唱雪應海神期

林巒鷩春早山明訝夕遲況逢温液沛恩重御裘詩

王諲右補闕

閨情

日暮裁縫歇深嫌氣力微纔能收篋笥懶起下簾帷
怨坐空燃燭愁眠不解衣昨來頻夢見夫婿莫應知

夜坐看搊箏

調箏夜坐燈光裏却挂羅帷露纖指朱絃一一聲不
同玉柱連連影相似不知何處學新聲曲曲彈來未
覩名應是石家金谷裏流傳未滿洛陽城

盧象 字緯卿汶水人左拾遺歷主客員外郎

駕幸溫泉

傳聞聖主幸新豐清蹕鳴鑾出禁中細草終朝隨步

輦垂楊幾處遶行宫千官扈從驪山北萬國來朝渭水東此日小臣徒獻賦漢家誰復重楊雄

贈廣川馬先生

經書滿腹中吾識廣川翁年老甘無位家貧嬾發蒙人歸洙泗學歌盛舞雩風願接諸生禮三年事馬融

梁德裕 四門助教

感遇二首

彩雲呈瑞質五色發人寰獨作龍虎狀孤飛天地間隱隱臨北極峨峨象南山恨在帝鄉外不逢枝葉攀

其二

幽澗生蕙若幽渚老江籬榮路人不見芳草徒爾爲不及綠萍草生君紅蓮池左右美人美朝夕春風吹葉洗玉泉水珠清湛露滋心亦願如此託君君不知

楊諫 永樂丞

答長孫十一東山春夜見贈

故人謝城闕揮手碧雲期谿月照隱處松風生興時舊林日云暮芳草歲空滋甘與子成夢請君同所思

張萬頃 進士

東溪待蘇戶曹不至

洛陽城東伊水西千花萬竹使人迷臺上柳枝臨岸

低門前荷葉與橋齊日暮待君君不見長風吹雨過

青溪

登天目山下作

去歲離秦望今冬使楚關淚添天目水髮變海頭山

別毋烏南逝辭兄雁北還宦遊偏不樂長爲憶慈顏

常非月　西河尉

詠譚容娘

擧手整花鈿翻身舞鍚筵馬圍行處匝人壓簇一作看
場圓歌要索一作齊聲和情教細語傳不知心大小容
得許多憐

沈頌無錫尉

旅次灞亭

閑琴開旅思清夜有愁心圓月正當戶微風猶在林
蒼茫孤亭上歷亂多秋音陰一作言念待明發東山幽
意深

春旦歌

常聞嬴女玉簫臺奏曲情深彩鳳來欲登此地銷歸

恨却羨雙飛去不回

芮挺章 進士

江南弄

春江可憐事最在美人家鸚鵡能言鳥芙蓉巧笑花

地銜金作埒水抱玉爲砂薄晚青絲騎長鞭赴狹斜

少年行

任氣稱張放銜恩在少年玉階朝就日金屋夜昇天

軒騎青雲際笙歌綠水邊建章明月好留醉伴風煙

樊晃 進士

南中感懷

南路蹉跎客未回常嗟物候暗相催四時不變江頭草十月先開嶺上梅

包融 延陵人大理司直

和崔會稽詠王兵曹廳前湧泉勢成中字

茂德來徵應流泉入詠歌含靈符上善作字表中和有草恒垂露無風欲偃波爲看人共水淸白定誰多

賦得岸花臨水發

笑笑傍溪花叢叢逐岸斜朝開川上日夜發浦中霞照灼如臨鏡芊茸勝浣紗春來武陵道幾樹落仙家

薛維翰登開元進士第

怨歌

百尺珠樓臨狹斜新粧能唱美人車皆言賤妾紅顏好要自狂夫不憶家

張良璞長安尉

覽史

享年八十已歷數窮蒼生七虎門源上咆哮關内鳴

建都用鷄宿設險因金城舜曲熛火起汾河珠翠明
海雲引天仗朔雪留邊兵作尊人怨久其亡鬼信盈
素靈感劉李白馬從子嬰昏虐不務德百代無芳聲

孫欣

奉試冷井詩

仙闈井初鑿靈液沁成泉色湛青苔裏寒凝紫綆邊
銅瓶向影落玉甃抱虛圓永願調神鼎堯時泰萬年

王之渙并州人

涼州詞二首

一片孤城萬仭山黃河直上白雲間一本首句作次句次句作首句
羌笛何須怨楊柳春光不度玉門關

其二

單于北望拂雲堆殺馬登壇祭幾回漢家天子今神武不肯和親歸去來

宴詞

長堤春水綠悠悠畎入漳河一道流莫聽聲聲催去棹桃花淺處不勝舟

王羨門

都中閑居

君王巡海内北闕下明臺雲物一作鶴天中少煙花歲後來河從御苑出山向國門開寂寞東京裏空留賈誼才

高適字達夫一字仲武滄州人舉有道科初授封丘尉後累官左散騎常侍封渤海侯謚曰忠

和王七玉門關聽吹笛

胡人吹笛戍樓間樓上蕭條海月閑借問落梅凡幾曲從風一夜滿關山一本作塞上聽吹笛云雪淨胡天牧馬還月明羌笛戍樓間借問梅花何處落風吹一夜滿關山

王灣洛陽人登先天進士第開元初滎陽主簿後爲洛陽尉

次北固山下作河嶽英靈集題作江南意

客路青山外行舟綠水前潮平兩岸濶風正一帆懸海日生殘夜江春入舊年鄉書何處達歸雁洛陽邊

萬楚字里闕擢進士

題江潮莊壁

田家喜秋熟歲晏林葉稀禾黍積場圃樝梨垂戶扉野閑犬時吠日暮牛自歸時復落花酒茅齋堪解衣

茱萸女

山陰柺家女九日採茱萸復得東鄰伴雙爲陌上姝
揷枝著高髻結子置長裾作性常遲緩非關託丈夫
平明折林樾日入返城隅買客要羅袖行人挑短書
蛾眉自有主年少莫踟躕

詠簾

玳瑁昔稱華玲瓏薄絳紗鈎銜門勢曲節亂水紋斜
日弄長飛鳥風搖不卷花自當分内外非是爲驕奢

于季子 侍御史

南行別弟 文苑英華作韋承慶南中詠雁

萬里人南去三春雁北飛不知何歲月得共爾同歸

祖詠 洛陽人開元十三年進士官駕部員外郎

蘇氏別業

別業居幽處到來生隱心南山當戶牖灃水映園林竹覆經冬雪庭昏未夕陰寥寥人境外閑坐聽春禽

望薊門

燕臺一望客心驚簫鼓喧喧漢將營萬里寒光生積雪三邊曙色動危旌沙場烽火侵胡月海畔雲山擁薊城少小雖非投筆吏論功還欲請長纓

敬括 字叔弓河東人少以文詞稱累遷御史大夫

省試七月流火

前庭一葉下言念忽悲秋變節金初至分寒(一作空)火正流氣含涼夜早光拂夏雲收助月微明散沿河麗景浮禮標時令爽詩與國風幽自此觀邦正深知王業休

國秀集卷下

國秀集三卷唐人詩總二百二十篇天寶三載國子
生芮挺章撰樓頴序之其詩之次自天官侍郎李嶠
至進士祖詠凡九十人挺章二篇頴五篇亦在其間
内王灣一篇有海日生殘夜江春入舊年之句題曰
次北固山下作而殷璠所撰河嶽英靈集作於天寶
十一載歲月稍後然挺章編選非璠之比覽者自得
之此集唐書藝文志洎本朝崇文總目皆闕而不錄
殆三館所無浚儀劉景文頃歲得之鬻古書者元祐
戊辰孟秋從景文借本錄之因識于後龍溪曾彦和

題大觀戊子冬賀方回傳於曾氏名欠一士而詩增一篇

國秀集跋後終